W0290216

btb

Aus Freude am Lesen

Marina stammt aus Petersburg und ist zu Besuch in Deutschland, wo sie bei einem Kongress über Daniil Charms und seinen Freundeskreis spricht. Außerdem ist da ein Mann, der als Russisch-Student in Leningrad lebte und mit dem sie damals, vor 20 Jahren, eine Liebesgeschichte lebte. Die Vergangenheit ist nicht vergangen – und das gilt nicht nur für diese private Geschichte: »Ich habe Angst vor den Geheimnissen der Zeit.« Ein ganzes Jahrhundert passiert in den Assoziationen Marinas Revue, und nirgendwo sonst ist dieses letzte Jahrhundert vielfältiger, durch gewaltige Brüche im Sozialsystem fragmentierter gewesen als in Russland: vom Zarenreich über die Revolution, die Sowjetunion, die Weltkriege, die Belagerung Leningrads durch die Deutschen, die Perestrojka …

OLGA MARTYNOVA, 1962 bei Krasnojarsk in Sibirien geboren, wuchs in Leningrad auf, studierte russische Sprache und Literatur; 1991 zog sie nach Deutschland. Sie lebt mit ihrem Mann Oleg Jurjew in Frankfurt/Main. Sie schreibt Gedichte (auf Russisch) und Essays und Prosa (auf Deutsch). Mit ihrer Lyrik war Olga Martynova auf der Longlist für den Russischen Preis 2009, mit ihrem Roman-Debüt »Sogar Papageien überleben uns« kam sie auf die Longlist des Deutschen Buchpreises und auf die Shortlist des Aspekte-Preises. 2011 erhielt sie den Adelbert-von-Chamisso-Förderpreis und den Roswitha-von-Gandersheim-Preis. 2012 wurde sie mit dem Ingeborg-Bachmann-Preis ausgezeichnet.

Olga Martynova

Sogar Papageien überleben uns

Roman

btb

MIX
Papier aus verantwortungsvollen Quellen
FSC® C083411

Verlagsgruppe Random House FSC-DEU-0100
Das für dieses Buch verwendete
FSC®-zertifizierte Papier *Lux Cream*
liefert Stora Enso, Finnland.

1. Auflage
Genehmigte Taschenbuchausgabe September 2012,
btb Verlag in der Verlagsgruppe Random House GmbH, München

Umschlaggestaltung: semper smile
Umschlagmotiv: plainpicture / Arcangel
Druck und Einband: CPI – Clausen & Bosse, Leck
UB · Herstellung: BB
Printed in Germany
ISBN 978-3-442-74365-0

www.btb-verlag.de
Besuchen Sie auch unseren LiteraturBlog www.transatlantik.de.

Sogar Papageien überleben uns.
Joseph Roth

I

Der Zeitfluss, das Zeitflussweib, die Bergvogelfrauen

5. Jh. v. Chr. • 1453 • 1529 • 1714 • 1717 • 1787 • 1871 • 1917-1933-1934-1937-1941-1942-1943-1944-1945 • 1955 • **1973** • 1976 • 1982 • 1986 • 1987 • 1988 • 1989 • 1990 • 1991 • 1992 • 1995 • 2001 • 2002 • 2005 • **2006**

Klares Wasser eines Bergbaches eilt über Steine. Ich schaue nach unten von der Brusthöhe einer Frau, die mich in ihren Armen hält, um mich hinüberzubringen. Die Frau tut keinen Schritt, sie steht einfach da in den auf den Wellen hüpfenden Sonnensplittern, knietief. Trotzdem sind wir nach einer Weile am anderen Ufer. Nie fand ich heraus, wie das ging. Meine Mutter konnte mir keine Auskunft geben, obwohl ich sie in diesem Bild am Rande meines Blickfeldes sehe. Aber das Gesicht der Frau, die mich trug, könnte ich heute noch zeichnen. Ich habe auch andere Erinnerungen, die meine Eltern nicht bestätigen: Ich falle von der Schaukel; ein Auto vom Roten Kreuz bringt mich ins Krankenhaus. Dort behandelt man eine Wunde an meinem Ohr. Meine Eltern hätten ein solches Ereignis unmöglich vergessen können. Und doch habe ich eine Narbe am Ohr, heller als die übrige Haut, nur bei Kälte färbt sie sich dunkelrosa, was mich jedes Mal wundert, wenn ich aus dem Winter in die Wärme komme und einen schnellen Blick in den Spiegel werfe.

Auch andere Frauen bleiben regungslos im Wasser stehen – sie rühren sich nicht, sprechen nur vogelschrill – und trotzdem gelangen sie hinüber ans andere Ufer. Fast jedes Kind ist manchmal von fremden Frauen umgeben, die seine Aufmerksamkeit mit ihren gewöhnlichen Geschichten missbrauchen. Meine Bergbachfrau aber schwieg. Ich spürte die Rauheit ihrer Hände, sah ihre rissige Wange. Das Zeitflussweib. An sie dachte ich nach Jahren auf einmal wieder, als ich las: *Der Fluss der Zeiten in seinem Strom trägt alle Menschenwerke fort, / Ertränkt die Völker, Könige und Königreiche im Abgrund des Vergessens. / Und wenn – dank der tönenden Lyra und der Trompete – doch etwas bleibt, / frisst es das Maul der Ewigkeit und es entgeht dem Schicksal aller nicht* – eines der verblüffendsten russischen Gedichte, dem ich nie begegne, ohne an *meinen* Zeitfluss und jenes Zeitflussweib zu denken.

Vielleicht ist es nicht angebracht, dass ich mich jetzt, unmittelbar vor *my German vacation* (die freilich keine *vacation* ist) von russischen Versen gefangen nehmen lasse. Andererseits bin ich ja, eben gelandet, wegen russischer Verse hier. Ich werde von einer Stadt zur anderen fahren und von den seltsamsten Dichtern Petersburgs erzählen. Im Flugzeug wollte ich meine schnell in die Tasche geworfenen Vorlesungen ordnen und geriet dabei in diese Zeitflussschleife. *Andrjuscha*, werde ich sagen, wenn ich Andreas sehen werde, *ich bin zwanzig Jahre älter und nicht klüger geworden*. Das aber erst in einer Woche. So viel Zeit habe ich noch, dann lass uns sehen, was ich sagen werde.

Willkommen im einundzwanzigsten Jahrhundert

(so begrüßen mich eine Zahnbürste und ein Koffer)

5. Jh. v. Chr. • 1453 • 1529 • 1714 • 1717 • 1787 • 1871 • 1917-1933-1934-1937-1941-1942-1943-1944-1945 • 1955 • 1973 • 1976 • 1982 • 1986 • 1987 • 1988 • 1989 • 1990 • 1991 • 1992 • 1995 • 2001 • 2002 • 2005 • **2006**

Noch flau und mit den surrenden und sirrenden Ohren nach dem Flug antworte ich der Zöllnerin wahrheitsgemäß: »Nur eine Stange Zigaretten und eine Flasche Wodka.« Aber sie hört das nicht. »Was haben Sie da?« – sie will meine brav wartende Reisetasche nicht berühren. Ich sehe hin und begreife, warum. Die Tasche brummt, bebt und bibbert, scheint einen Bienenkorb zu verbergen. »Ich weiß es nicht«, sage ich und trete einen Schritt zurück. Ob ich meine alte kaffeebraune Tasche mit dem Lufthansa-Kranich an der Lasche allein gelassen habe, und sei es für ein paar Minuten?, will die Beamtin wissen. Und wenn sie nun in die Luft geht? – die Frage in den Augen der Beamtin spiegelt sich in meinen Augen. Da kommt bereits und bereitwillig ein Kollege der jungen Frau und zieht – mannhaft, mit einem kaum merklichen Zögern nur – den Reißverschluss auf Da liegt meine elektrische Zahnbürste, putzt die Luft und summt (*Willkommen im einundzwanzigsten Jahrhundert*, summt sie). »Tut mir leid!«, entschuldige ich sie. Die Frau, der Mann und ich lachen. »Schon gut.« – Ich passiere die Grenze und mir fällt dabei ein, dass ich auf diese Weise *zwei* Stangen Zigaretten hätte einschmuggeln können.

In meiner Kranich-Tasche, die man mir vor Jahren geschenkt hatte, als ich bei der von Lufthansa gesponserten Ausstellung dolmetschte, sind ein paar E-Mails von Andreas, die ich mir ausgedruckt habe. »nach so vielen jahren von missverständnissen aller art könnten wir nun endlich einfach zusammen sein, zusammenziehen, ich meine, du könntest mich heiraten, denk darüber nach, bis bald, gruß.« Du bist blöd, Andrjuscha, sage ich (zehn Minuten später) dem Fahrkartenautomaten. Was noch steht in diesen E-Mails? Andreas erzählt von einer Übung, die er seinen Germanistik-Studenten vorgeschlagen hat: Er gab ihnen eine Episode aus einem Buch von Wilhelm Genazino zu lesen, aber nur einen Teil, die Fortsetzung sollten sie sich selbst ausdenken. Der Protagonist bekommt eine Aufgabe von einem Therapeuten (im Buch Katastrophenberater genannt), die Erfüllung dieser Aufgabe soll ihm bei seinen seelischen Sorgen helfen, ja ihn von ihnen befreien. Er muss einen alten und mit alten Kleidungsstücken angefüllten Koffer in der Stadt stehen lassen, um dann zu beobachten, wer und auf welche Weise seinen Koffer mitnimmt. Die Gefahr, dass jemand den Roman und die im Roman angebotene Entwicklung der Story bereits gekannt hätte, sei bei den Germanistik-Studenten verschwindend gering gewesen, so Andreas. Die beste Lösung der Studenten, denkt er, war: Der Koffer steht bis zum späten Abend da, niemand interessiert sich für ihn, der Kofferinhaber fällt in eine noch schlimmere Depression, er sei, meint er nun, genauso wie sein Koffer nicht mehr gefragt. (Freilich hatte der Student nicht wissen können, dass der Kofferinhaber im Roman doppelt gefragt war, und dass sein Problem eben darin lag.)

Meinen Germanistik-Studenten in Petersburg bot ich (nachdem wir den unauffindbaren Unterschied zwischen *Kasten* und *Kästen*, *Schublade* und *Schieblade*, *Düte* und *Tüte* besprochen hatten) dieselbe Übung an. Dass meine Studenten das bereits ins Russische übersetzte Buch kennen würden, hatte ich durchaus für möglich gehalten, doch sie kannten es nicht.

Meine Lieblingslösung:
Eine Sondereinheit wird alarmiert und der verdächtige Gegenstand vernichtet, um die Möglichkeit auszuschließen, dass da eine Bombe hochgeht, und so einen eventuellen Terroranschlag zu verhindern.

Im Zug

5. Jh. v. Chr. • 1453 • 1529 • 1714 • 1717 • 1787 • 1871 • 1917-1933-1934-1937-1941-1942-1943-1944-1945 • 1955 • 1973 • 1976 • 1982 • 1986 • 1987 • 1988 • 1989 • 1990 • 1991 • 1992 • 1995 • 2001 • 2002 • 2005 • **2006**

Zwei Stunden später breche ich im Zug die Stange an, die ich nur für Andreas im Duty Free gekauft haben wollte. Sich das Rauchen zu versagen, macht aus einem Menschen einen Monomanen. Ob ein Psychopath sich, nachdem er sein Opfer im Wald erwürgt hat, auch fragt, ob das Vergnügen die Tat wert war? Ich stecke meine bis zum Filter abgerauchte Kippe in den Aschenbecher in der Lehne und schaue aus dem Zugfenster: Die Winzer sehen in den vom Wind aufgewühlten Reben wie Fischer aus. Wenn man aber in die Weite schaut und die Winzer mit ihren hohen Schaftstiefeln und ausholenden Handbewegungen aus dem Blick verliert, werden die Weinstockreihen wie die Zeilen einer Schrift, gleichmäßig und emsig, als könntest du die Zeichen nur deiner Kurzsichtigkeit wegen nicht entziffern.

Sogar Papageien überleben uns, Andrjuscha, sage ich zu den Zeilen. Was werden wir anfangen mit uns, Andrjuscha, es ist zwanzig Jahre her, dass wir uns getroffen haben, in einer nicht mehr existierenden Welt, in einem nicht mehr existierenden Staat, in einer so nicht mehr existierenden Stadt, in einem ungewöhnlich verschneiten Leningrader Winter. Ich steige aus dem Zug. Es ist dunkel geworden. Der Wasserstaub leuchtet im Laternenlicht. Ein Mann steht unter seinem Regenschirm wie in einem runden Etui, das ihn von den Wasserglühwürmchen abgrenzt. Ich steige in die S-Bahn ein und gleite ab in die stillen Zeiten der endenden sowjetischen Epoche:

Mitten in dem ungewöhnlich schneereichen Winter in Leningrad

5. Jh. v. Chr. • 1453 • 1529 • 1714 • 1717 • 1787 • 1871 • 1917-1933-1934-1937-1941-1942-1943-1944-1945 • 1955 • 1973 • 1976 • 1982 • **1986** • **1987** • 1988 • 1989 • 1990 • 1991 • 1992 • 1995 • 2001 • 2002 • 2005 • **2006**

Der Spiegel, dessen Oval Mahagoniholz umarmt, zeigt mir das dunkelrosa Würmchen an meinem Ohrläppchen.

Ende der 80er gab es in einigen Familien *Dinge von früher*, solche, die in den 20ern nicht beschlagnahmt, in den 30ern nicht gegen faule, süßgewordene Kartoffeln getauscht, in den 40ern nicht in den niedergebombten Häusern abgebrannt oder geschmolzen, in den 50ern nicht verkauft und in den 60ern nicht auf der Welle der »Wissenschaftlich-Technischen Revolution« weggeworfen worden waren (in den 80er-Jahren lernte ich einen Mann kennen, der zu Tauwetterzeiten die Müllgruben durchkämmt und diesen kleinbürgerlichen Abfall aufgelesen hatte. Er verkaufte alles an Sammler, Antikmöbelhändler und auch Museen und wurde zu einem Undergroundmillionär. Er sah abgezehrt aus, als ob er hungere. Ich weiß noch, dass er zu dem damals am häufigsten besprochenen Thema Emigration meinte, ausreisen solle nur der, der sich hier ein Flugzeug nur deshalb nicht kaufen kann, weil es nicht erlaubt ist).

Solche *Dinge von früher* waren z. B.:

- Eine indigoblaue Rokoko-Vase. In der Mitte der Vase ein Medaillon: Drei Frauen sitzen vor einer Rosenhecke, der Stoff ihrer Kleider (jeweils grün, rosa und »bleu nattier«)

fällt in lockeren Falten über die gespreizten Knie. Ihre Pose ist lässig und erhaben zugleich. Vor dieser Vase in der Wohnung meiner Schulfreundin Lisa hatte ich Zeit genug, diese faszinierende Haltung zu üben, es gelang nicht.

• Ein Foto aus der *belle époque*: eine nackte Frau halb liegend, das lange Haar verdeckt ihre Blöße oder stellt sie zur Schau in schwarzweißem Wechselspiel, der Titel neben dem in meinem Gedächtnis nun erloschenen Namen des Fotografen lautet »Nachdenklichkeit«. Dekadenz.

Ich höre das letzte Wort echoen und schaue mich um: »Ja, ich weiß, das ist dekadent, aber damit habe ich meine Ruhe«, sagt ein junger Mann mit schütterem Bart und hellroten verfilzten Hawaiizöpfen-Dreadlocks: um den Hals ein Palästinensertuch, am Kragen das Che-Abzeichen und am Ärmel den roten Stern. Dazu diverse Ketten und Armbänder mit unklarer Symbolik. Er sieht aus wie ein dürftiger Tannenbaum, mit einer kranken Fantasie geschmückt. »Dekadent« aber sollte die Monatskarte für die S-Bahn sein, die er seiner Reisegefährtin zeigt. Sie ist schockiert.

• Ein Bärenfell auf dem Boden in der Wohnung einer Tänzerin. Der Bär wurde von dem Großonkel der Tänzerin erlegt, an der Jagd hatten, sagt man, die Cousins des letzten Zaren teilgenommen. Der Mann der Tänzerin, ein Sinologe, hat das Fell so mit seinen Büchern und Manuskripten bedeckt, dass kaum Platz für ihn, den Lesenden, zwischen ihnen bleibt.

• Und dieser Spiegel im Mahagonirahmen, in dem ich, aus der weißblauen Winternacht kommend, meine Ohrnarbe sah. Ich lächelte. Andreas auch.

In der Fensterscheibe der deutschen S-Bahn sehe ich eine schmale gewundene Treppe in einem alten Haus in Leningrad, die wir hinauf mussten. Sie roch nach Katzenpisse, es fehlten Glühbirnen, der abgeblätterte Putz hinterließ an den Wänden eine Weltkarte, auf der alles durcheinander gebracht war: Afrika links oben, Italien darunter, Skandinavien rechts von Italien; wir kamen außer Atem an, hoffnungslos zu spät. Das neue Jahr war ohne uns gekommen. »Der Obus hatte eine Panne!«, sagte ich, die Daunenjacke ablegend, die mir Andreas zu Weihnachten aus Deutschland mitgebracht hatte.

Der Obus blieb stehen. Zwischen uns und dem Haus, in das wir eingeladen waren, lag die zugefrorene Newa. Andreas sah die lange Brücke und sagte: »O nein. Gehen wir über das Eis!« Nie im Leben, dachte ich. »Nie im Leben, Andrjuscha«, sagte ich, »du glaubst doch nicht im Ernst, dass die Newa richtig zufrieren kann, oder?« Aber während ich noch maulte, waren wir schon am Ufer und auf dem Eis. Wie Fische, die Mondblinker verschluckt hatten und zu Leuchtfischen geworden waren, glitten Wolken über uns. Unten zogen die verdunkelten Wellen ihnen nach. Dazwischen war Eis und auf ihm wir. Ich fühlte mich wie ein Luftballon, hohl und mit dunklem leichten Edelgas gefüllt, gewichtlos vor Angst. In der Mitte des Flusses kam es uns entgegen, das Neue Jahr. Andreas schaute auf seine Uhr und zog aus seinem Rucksack den Champagner, den wir so stolz zur Feier mitgenommen hatten; die Flasche war dreimal so teuer wie meine neue Daunenjacke, die freilich sehr schick aussah, da sie aus dem Westen kam.

Neben den *Dingen von früher*, die unter den gewöhnlichen *Dingen des sowjetischen Lebens* eine Art zufällige Boten der geköpften Zeit waren, sah man in einigen Wohnungen *Dinge aus dem anderen Leben*. Aus jener Welt, in die (fast) niemand durfte, aus der (fast) niemand zurückkam, klammern wir die sowjetische Elite aus, die nichts mit meinem und meiner Freunde Leben zu tun hatte.

Aus dem anderen Leben:

- Eine längst ausgetrunkene Flasche Gin, ein Wacholderzweig auf ihrem Etikett, aus der Flasche steigt rauchiges Federgras, wie ein Flaschengeist.

- Eine Modezeitschrift, sagen wir *Vogue*. Auf einem Beistelltischchen liegt sie neben dem Fernsehprogramm mit seinem sowjetisch-gelblichen Papier, wie ein tropischer Schmetterling neben einheimischen Fliegen.

- Eine Pralinenschachtel aus bemaltem Blech, die Sezessionslinien des Musters passen hervorragend zur *Singer*-Nähmaschine, zu der goldenen Sphinx auf dem schwarzen Nähmaschinenkörper, zu den gusseisernen Beinen ihres Tischchens, auf dem die Pralinenschachtel liegt, weil die Pralinen aufgegessen sind und die Schachtel nun Knöpfe, Nadeln und Zwirnsterne aufbewahrt. Ich liebe dich, *Singer*-Nähmaschine, weil du mir (und nicht nur mir) eine erste, wenn auch eine grobe, Vorstellung vom *fin de siècle* gabst. In jedem Haus, in dem es nicht genug Geld gab, um eine neue, aus der technischen Revolution der 60er Jahre stammende hässliche Nähmaschine mit elektrischem Antrieb zu kaufen, warst auch du ein *Ding von früher*, freilich ohne die edle Aura, die uns an den Vasen und Schatullen schmeichelte.

- Und eben meine Daunenjacke. Das war nett von dir, Andrjuscha.

Die armen westlichen Studenten kamen in dieses Land, in dem sie plötzlich zu Reichen wurden. Sie brachten solche *Dinge aus dem anderen Leben* von zu Hause mit, oder sie kauften sie in speziellen Geschäften namens »Berjoska« (Birke), in denen man nur westliches Geld annahm. Billigwaren aus dem Westen mit ihren seicht glänzenden Oberflächen, all die schillernden Falten der Kunstseide, schmucke Einweguhren und Kühlschrankmagnete wurden zum Symbol der freien, der besseren Welt.

Einerseits:

Nabokov, er war (in unserem Bewusstsein) schlechthin *von früher*, hörte Ende der 60er, es gebe in Leningrad einen Josif Brodskij, einen jungen Dichter, einen hervorragenden, einen Liebling von Anna Achmatova, der mit der Obrigkeit Schwierigkeiten habe. Was tut Nabokov, ein Schachspielästhet, ein Wörtersnob, ein Schmetterlingsdandy? Er lässt dem jungen Genie *Blue Jeans* schicken. Und das war gut so. Das junge Genie hatte damit ein Stück der freien, besseren Welt auf seinem Hintern.

Andererseits:

Ich war einmal bei Pawel, dem Sinologen auf dem Bärenfell, und seiner Frau Antonia, der Tänzerin, die eine verschwindend schmale Erscheinung war, fast immer schwieg und fast immer freundlich lächelte, zum Tee. Ich, damals sechzehnjährig und sonst keck und frech, wurde in Gegenwart der beiden immer verlegen und schüchtern. Eine winzige chinesische Tasse aus aschgrauem Porzellan, verziert mit einem nassgrauen Drachen mit roten Augen, verwechselte ich aus Verlegenheit mit einem Aschenbecher und klopfte die Zigarettenasche in sie ab. Antonia brachte mir sofort eine andere. Zum Tee (es hieß nur »zum Tee«, alle tranken Kaffee) war auch Fjodor eingeladen, ein finster blickender Undergrounddichter. Er saß da und wartete, dass man ihn bat, seine Gedichte zu lesen. Bis dahin trank er Kaffee aus der Drachentasse mit einem silbernen Löffel darin. »Wissen Sie, Fjodor«, sagte Pawel, »was die Milizionäre von allen anderen Menschen unterscheidet? Sie sind tapfer und haben gar keine Angst, sich beim Teetrinken ein Auge auszustechen.« Fjodor nahm seinen Löffel aus der Tasse. Pawel zeigte uns einen Brief aus Paris, von seiner Freundin, einer ehemaligen Dissidentin, Feministin, Herausgeberin einer Undergroundzeitschrift. Vor einiger Zeit konnte sie endlich ausreisen, nach Jahren der Verhöre, Hausdurchsuchungen und drohender Inhaftierung. Der Brief empörte Pawel. »Wissen Sie, was sie mir schreibt? Von zweihundert Käsesorten in den französischen Läden« (zu dieser Zeit waren wir froh, wenn wir in Leningrad überhaupt Käse finden konnten), »von einem Schuhgeschäft, in dem eine Verkäuferin ihr zwei Stunden lang die passenden Schuhe sucht, ohne Gereiztheit erkennen zu lassen« (heute verstehe ich nicht mehr, was wir damals eigentlich an den Füßen hatten, bei der Leere unserer Schuhgeschäfte). »Das ist nun ihre Unabhängigkeit, all diese großen Worte; man denkt, es geht um Meinungsfreiheit, um Kultur, um Gewissen. Nein, um Massenwaren geht's, zu denen sie endlich zugelassen werden!«

Dabei stellte ausgerechnet Pawels Wohnung eine wilde Mischung aus *Dingen von früher* und solchen *aus dem anderen Leben* dar: Antonias Bruder, Viktor, war mit einer Amerikanerin verheiratet und lebte in Übersee.

Aber eine Flasche guter Champagner ist eine Flasche guter Champagner und gehört eher zu den *Dingen von früher* (und Moët und Veuve Clicquot, und der Champagner aus AY waren dank der vielen klassischen Gedichte sogar *Dinge aus der Poesie*. Der von Andreas hieß »AY la Pelle«).

»Zum Raum wird hier die Zeit«, sagte ich, nachdem wir in der Mitte des Flusses auf das Neujahr getrunken hatten. Ich wusste, dass Andreas nichts mit Wagner anfangen kann und ich ihm mit dieser Zeile vulgär vorkam. »Stimmt«, sagte Andrjuscha, »trinken wir auf Bachtin und seinen Chronotop!«

»Der Obus blieb stehen! Das neue Jahr kam genau in der Mitte der Newa an! Die Flasche Champagner haben wir ausgetrunken!«, sagte ich, den Blick von der dunkelrosa Ohrnarbe im Spiegel abwendend. »Oh«, sagte Antonia und nahm meine Jacke mit der Liebenswürdigkeit, die alle Mitglieder ihrer Familie auszeichnete, sie von allen anderen Menschen unterschied, als seien sie Fabelwesen.

Weihnachtsschmuck zu Silvester

5. Jh. v. Chr. • 1453 • 1529 • 1714 • 1717 • 1787 • 1871 • 1917-1933-1934-1937-1941-1942-1943-1944-1945 • 1955 • 1973 • 1976 • 1982 • **1986** • **1987** • 1988 • 1989 • 1990 • 1991 • 1992 • 1995 • 2001 • 2002 • 2005 • **2006**

Im Zimmer stand ein Christbaum. Zwischen dem Flügel und dem Bärenfell glich die Tanne einer Sängerin, die zu viel Strassanhänger, Glasperlencolliers und lackierte Armbänder angelegt hatte.

Antonias Großmutter – mit ihrem langnasigen Ibisgesicht über dem breitschultrigen Körper ähnelte sie einer ägyptischen Gottheit – wollte den ausländischen Gästen erzählen, warum wir den Jahreswechsel als Weihnachten feiern. Andrjuscha, den ich in diesem Winter überall hin mitschleppte, der Amerikaner John, ein Student von Antonias Bruder Viktor, der, wie auch Andrjuscha, in Leningrad sein Auslandssemester machte, und Thérèse, eine blonde Französin, ein Ebenbild der Frau auf dem Deckel des finnischen Schmelzkäses »Viola«, die dritte der Drillinge entdeckte ich später in Deutschland auf der Margarine »Rama«, waren im Bilde, hörten aber der Großmutter artig zu. Sie erinnerte sich, wie die Tannenbäume in den 20er-Jahren abgeschafft worden waren, für rückschrittlich, ja gefährlich erklärt wurden. »Es war nicht bloß atheistische Propaganda, das war der aufrichtige Elan der neuen Menschen«, sagte sie. Mit fünfzehn wurde die Großmutter zu einem Menschen »von gestern«. Dann wurde sie (»in kleinen logischen Schritten«, wie die S-Bahn-Reklame einer Sprachschule, auf die ich gerade blicke, für eine Sekunde aus der Vergangenheit zurückgekehrt, die Lehrweise beschreibt) zu einem »Menschen von heute«. In diesem Winter war sie vierundachtzig, sie hatte wahrscheinlich nichts mehr von diesem ausgerotteten gestrigen Menschen in sich (nur die majestätische Haltung und die unausrottbare Höflichkeit hätten sie verraten können). Nun aber war genau das gefragt, was in ihrer Jugend verdammt worden war. Der neue Patriotismus wollte die Zarenzeit verklären, die wenigen Überlebenden (*Personen von früher*) wurden bewundert. Sie erinnert sich, wie die Obrigkeit in den 30er-Jahren unverhofft verlangt hatte, die sowjetischen Kinder zum Neujahrsfest mit einem geschmückten Tannenbaum zu erfreuen. Wie geschmacklos ihr das auch immer vorgekommen war und wie pervers, das nachzumachen – sicherheitshalber tat sie es auch. Außerdem wollte man ja den eigenen Kindern nicht alle Freude versagen. Andreas nannte die Großmutter *Pique Dame*. John auch. Auch Thérèse nannte sie *Pique Dame*. Vielleicht waren sie auf der Suche nach russischer Exotik und sahen überall *Pique Damen* und *Nachtasyle*. In Wirklichkeit war sie eine ägyptische Gottheit, der ibisköpfige Thot. Allerdings waren unsere Slawisten, und sie waren selbstverständlich alle Slawisten, in dieser kleinen Tannenbaumkunde viel kundiger als wir, wir waren schon in diesen Sitten geboren, auch unsere Eltern, und unsere zeitlebens verängstigten Großeltern hielten solche Exkurse erst seit kurzem für ungefährlich.

Die Schmuckfiguren: Das Rotkäppchen, das Flugzeug, der Maiskolben … Der Maiskolben, die verordnete Verheißung der frühen 60er-Jahre als Baumbehang, die Erinnerung daran, wie weiland Chruschtschow in Amerika war, den Reichtum dort sah und erkannte: Der Mais macht sie reich, und heimkam und anordnete, mit aller Kraft Mais anzubauen, bis an die Grenzen des Machtbereichs.

Antonia lädt ein zu einem Spiel: Wer von den Gästen weiß Verse aufzusagen zu einer dieser Figuren?

John weist sofort auf ein Glastigerlein und spricht: »Tiger, tiger, burning bright, In the forests of the night; What immortal hand or eye, Could frame thy fearful symmetry?«

Andreas wählt den Roten Stern (getarnter Bethlehemstern) an der Baumspitze. Sein Vers ist russisch und gilt weder einem sowjetischen noch einem christlichen Sternsymbol: »Inmitten der Welten, im Strahlen der Gestirne wiederhole ich den Namen eines Sternes, nicht dass ich ihn liebe, aber mit den anderen ist mir dunkel.«

Ich nehme mir *ein Ding von früher*, ein blondes Engelein in kurzem Hemdchen neben dem Rotkäppchen, und trage vor: »Mein Lieschen trägt keine Hosen / Schon seit dem ersten April, / Weil sie von der grenzenlosen / Hitze nicht leiden will.«

In einem Sessel, der mit seinen hölzernen Mäulern und Klauen in der Liste der *Dinge von früher* beheimatet ist, sitzt der düstere Dichter Fjodor und hält Blickkontakt mit einem puttenartigen Kosmonauten Gagarin, auf dessen Stirn die Buchstaben CCCP prangen. Der Tannenbaumtand aus den 60er Jahren wurde später zur Leidenschaft von Andrjuschas Vater, und ich brachte ihm immer davon mit, wenn ich nach Deutschland reiste.

Antonia schaut Fjodor an. Ihre grauen Augen sind allezeit ernst, in einem gewissen Kontrast zu ihrer mondänen damenhaften Erscheinung. Vor einer Woche hatte uns Fjodor sein neues Gedicht über einen Kosmonauten vorgelesen, der, mit einem Seil am Raumschiff befestigt, im Weltall schwebt, wie Tannenbaumtand. Nun glaubt Fjodor nicht, dass sein Gedicht niemandem einfällt, er meint, sie haben ihn eingeladen, um ihn zu beleidigen. Antonia spricht Fjodors Gedicht und zeigt damit erstens ihr gutes Gedächtnis, zweitens ihr feines Taktgefühl.

Das ausgehende Jahrhundert war zu einem fetten faulen Köter geworden. Kaum etwas an ihm erinnerte an jenen Wolfshund, dessen wahnsinnige Augen Mandelstam um Verstand und Leben gebracht hatten. Ausländische Freunde (*Personen aus dem anderen Leben*) zu haben galt immer noch als gefährlich, aber die staatliche Sicherheit zeigte in der Zeit, in der Andreas in Petersburg studierte, kein Interesse an uns. Ich wusste noch, wie Antonias Bruder Viktor, der sich fünf Jahre zuvor in eine Amerikanerin verliebt und sie dann geheiratet hatte, jeden Morgen zum Verhör bestellt worden war. Aber anstatt ihn zu verhören, hatten sie ihm ins Gewissen geredet: »Wissen Sie etwa nicht, dass Miss Epstein nicht nur eine Kapitalistin und potenzielle Spionin ist, sie ist auch Jüdin, Sie sollten sich schämen, Sie, ein Adeliger, Ihre Vorfahren, lauter Fürsten, würden Sie verdammen dafür«. Großmutter Thot, die ihr Leben lang wegen »lauter Fürsten« um alles und vor allem zitterte, begriff das nicht mehr. Adel war nun *en vogue*. Vielleicht verhielt sich die Staatsicherheit nur still, um dann plötzlich zuzubeißen? Doch schließlich löste sich dieser Staat von selbst in Nichts auf. Andreas fuhr heim. Ich blieb daheim.

Was weiß ich noch von diesem Winter? Es war nicht mehr viel übrig von der Substanz der uns vertrauten Zeit. Sie wurde flüssig. Sie wurde spärlich. Man konnte sehen, dass sie fast alle war. Die runde abgeschlossene Welt, in die ich geboren war, flog wie ein Luftballon fort.

Was z. B. in diesem Luftballon war und mit ihm zusammen wegflog – von mir:

5. Jh. v. Chr. • 1453 • 1529 • 1714 • 1717 • 1787 • 1871 • **1917-1933-1934-1937-1941-1942-1943-1944-1945** • 1955 • 1973 • 1976 • 1982 • **1986** • **1987** • 1988 • 1989 • 1990 • 1991 • 1992 • 1995 • 2001 • 2002 • 2005 • **2006**

Das Entsetzen meiner Eltern, dass ich ihnen einen Deutschen als meinen Freund vorstellte. Insbesondere mein Vater, damals schon siebzig, er hätte altersgemäß mein Großvater sein können, sah das ungern. Mein Großvater starb 1937 an Schwindsucht, später erfuhr meine Großmutter, dass der Haftbefehl bereits ausgestellt worden war und nur der Tod ihn vor dem Lager und höchstwahrscheinlich vor einem quälenderen Tod gerettet hatte. Er, ein General mit Tapferkeitskreuzen aus dem Ersten Weltkrieg, hatte sich entschieden, der neuen Macht zu dienen, nicht ins Exil zu gehen. Anfang der 30er schickte die Weimarer Republik ihre Offiziere in das bolschewistische Russland. Hier konnten sie militärtechnische Übungen durchführen, die dem Deutschen Reich nach dem Ersten Weltkrieg verboten waren. Historiker sagen, diese Übungen sollten der militärtechnischen Ausbildung dienen. Beide Länder waren Gegner, aber beide waren auch Verlierer im Krieg, vielleicht sorgte das für eine gewisse Solidarität der Militärs. Wie auch immer. Die Zeit verfloss. Sie kamen nicht mehr. Mein Großvater starb. Die ehemaligen Feinde wurden wieder zu Feinden. Meine Großmutter, auch eine ägyptische Gottheit, der Falke Horus, stärker gebaut als die Großmutter Thot, mit einer nicht so langen, aber runder gebogenen Nase, sie hatte noch Jahrzehnte zu leben unter den Ausrottern der ägyptischen Gottheiten, sie musste so tun, als sei sie keine, sie musste ihre

Kinder so erziehen, dass ihnen niemand die Zugehörigkeit zu dieser vogelköpfigen Gattung anmerkte. Der Krieg brach aus. Die jungen Vogelkopfmänner (sie waren die wenigen Ausnahmen, die meisten hatten ihre Vogelköpfe abgelegt und durch normale ersetzt) meinten, für die kommunistische Regierung zu kämpfen sei verachtenswert. Aber dieselben Köpfe bewahrten strenge Prinzipien: Ein Mann muss sein Vaterland verteidigen. Sie hatten ohnehin keine Wahl. Großmutter Horus wollte meinem Vater all das nicht noch schwieriger machen. Sie schwieg zunächst an der Seite ihres Mannes, der sich für die neue Macht entschieden hatte. Sie zeigte dann ihren Kindern nicht, wie sehr sie alles Sowjetische verabscheute. So gesehen war sie eine Bilderbuchfrau, selbstlos und geduldig. Jahrzehnte später, in den 60ern, nahm mein Vater als Journalist an einem Empfang teil. Der schwedische Botschafter trank zu viel Wodka. Es war der vielleicht beste sowjetische Wodka, er hieß »Posolskaja« (»Botschafter«). Der betrunkene Schwede äußerte sich ziemlich undiplomatisch, seine russischen Kollegen seien gute Burschen, doch eine Spur zu plebejisch, er dagegen blicke auf fünfhundert Jahre Adel zurück. Mein Vater (auch er hatte sich den Botschafterwodka gegönnt) entgegnete: »Als Adeliger bin ich ein paar Jahrhunderte älter als Sie, doch darauf bin ich nicht stolz. Stolz bin ich, dass ich seit 1944 der Kommunistischen Partei angehöre.« Auch dazu schwieg meine Großmutter Horus. Die Ansichten ihres Sohnes waren nicht die ihren, wurden aber von ihr gehütet. Sie hatte meinen Vater nur zum Bewusstsein der zweiten Hälfte des Dilemmas erzogen: So ging er in den Krieg mit dem stolzen Gefühl, seine Pflicht zu erfüllen. Mit welchem Gefühl ging der Sohn jenes deutschen Offiziers in den Krieg, der meinem Großvater gegenüber seine tiefe Verachtung für die Nationalsozialisten angedeutet hatte? Der jüngere Bruder meines Vaters wurde von den Deutschen zusammen mit den Juden deportiert, sein zartes Falkengesicht fiel ihnen als unslawisch, also jüdisch auf. Niemand hörte wieder etwas von ihm. Das war das Letzte, was meine Großmutter meinem Vater geschrieben hatte, bevor ihre Briefe nicht mehr bei ihm ankamen. Die Regimentskameraden meines Vaters meinten, er habe Glück, keine Angehörigen mehr zu haben, so sei der Tod nicht so furchtbar. Erst am Ende des Krieges konnte die Feldpost ihm die Briefe seiner Mutter wieder zustellen. Im Februar 1945 schrieb sie: »Heute habe ich von Peter I. geträumt. Er sagte, der Krieg sei am ersten Mai aus.« Die Briefe meines Vaters, die Feldpostdreiecke, fand ich vor kurzem in einem Buch, in »Krieg und Frieden«. Er schrieb aus Ostpreußen: *Die Deutschen haben keine Kultur, in keinem Haus habe ich je ein Buch gesehen, nur Alben mit Hitlerzeichnungen.* Auch von Großmutter Horus meinte Andrjuscha, sie sei eine Pique Dame. Meine Großmutter Horus und Antonias Großmutter Thot waren Freundinnen. Deshalb wurde ich in diese Gesellschaft, in der Antonia schweigend herrschte, aufgenommen, obwohl ich mindestens zehn Jahre jünger war als alle anderen dort.

Als ich meinen Eltern Andrjuschas Besuch ankündigte, waren sie schockiert. Oder sogar geschockt. Ich frage mich, hätte mein Vater ebenso reagiert, wäre Andreas ein Ostdeutscher gewesen?

Was z. B. in diesem Luftballon war und mit ihm zusammen wegflog – von Andreas:

5. Jh. v. Chr. • 1453 • 1529 • 1714 • 1717 • 1787 • 1871 • 1917-1933-1934-1937-1941-**1942-1943-1944-1945** • 1955 • 1973 • 1976 • 1982 • **1986** • **1987** • 1988 • 1989 • 1990 • 1991 • 1992 • 1995 • 2001 • 2002 • 2005 • **2006**

Als Andreas seinem Vater mitteilte, dass er zusätzlich zu seinem Germanistikstudium noch Slawistik studieren und dazu auch nach Russland fahren werde, schwieg der Vater. Er schwieg eine Woche lang. Sein rechter Arm ist vor dem belagerten Leningrad liegengeblieben. Dann sagte er (obwohl niemand um seine Erlaubnis gebeten hatte), dass er es billige. (*Geh, aber hol mir meinen Arm zurück* – das sagte er natürlich nicht.)

Silvesternacht bei Antonias Großmutter Thot

5. Jh. v. Chr. • 1453 • 1529 • 1714 • 1717 • 1787 • 1871 • 1917-1933-1934-1937-1941-1942-1943-1944-1945 • 1955 • 1973 • 1976 • 1982 • **1986** • **1987** • 1988 • 1989 • 1990 • 1991 • 1992 • 1995 • 2001 • 2002 • 2005 • **2006**

Gegen drei Uhr morgens klingelte es. Pawel machte ein geheimnisvolles Gesicht und legte seinen Zeigefinger über den Mund; das auf diese Weise entstandene Kreuzchen sollte uns zum Schweigen bringen. Dann ging er auf Zehenspitzen die Tür öffnen. Dabei schaltete er das Licht aus. Plötzlich sah man durch das durchsichtige Violett der Fenster den Schnee liegen. Aus dem Flur surrte es zärtlich und tief. In der Türöffnung schwebte in der Brusthöhe eines Menschen eine Krippe in einem großen Puppentheaterkasten. Kleine Kerzen leuchteten darin. Drei winzige Könige in Mänteln aus Stanniol zogen einem blassen Stanniolstern nach. Ihnen folgte Herodes mit roter Krone. Der Stern blieb stehen. Alle Figuren ebenso. Mit ihnen die Zeit. Dann stimmten die neuen Gäste ein Krippenspiellied in einem huzulischen Dialekt an. Es waren Schauspieler. Im Sommer waren sie zu einer folkloristischen Expedition in den Karpaten gewesen, dort hatten sie den Krippenspielkasten nachgebaut und Lieder aufgenommen.

Daniil Charms und seine Freunde

(Pawels Weihnachtsgeschenk)

5. Jh. v. Chr. • 1453 • 1529 • 1714 • 1717 • 1787 • 1871 • 1917-**1933-1934**-1937-1941-1942-1943-1944-1945 • 1955 • 1973 • 1976 • 1982 • 1986 • **1987** • **1988** • 1989 • 1990 • 1991 • 1992 • 1995 • 2001 • 2002 • 2005 • **2006**

Was weiß ich außerdem noch von diesem Winter? Meinen Preis für das Tannenbaumschmuckquiz gab mir Pawel, feierlich und genauso geheimnisvoll, wie er den Schauspielern die Tür geöffnet hatte und wie er überhaupt immer gern tat mit seinen Überraschungen. Es war die Schreibmaschinenkopie eines Manuskriptes. Pawels Bekanntenkreis war nicht weniger geheimnisvoll als er selbst. Er kannte einen Freund von Daniil Charms. Schon einige Male hatte er mir kostbare Kopien gegeben, die von den Personen eines der vielen blutigen Dramen der blutrünstigen Epoche zeugten. Von Daniil Charms und seinen Freunden.

Mitte der 30er-Jahre saßen sie in ihren kargen Zimmern bei spärlichem Essen und manchmal reichlichem Trinken und führten merkwürdige Gespräche.

Der eine sagte: *Manche haben diese Veränderungen des Menschen, denen wir jetzt beiwohnen, vorausgesehen – als käme in der Tat eine neue Rasse zum Vorschein. Aber alle haben sich das ungefähr und unrichtig vorgestellt. Wir jedoch sehen es mit eigenen Augen. Wir sollten darüber ein Buch schreiben, Zeugnis ablegen. Denn später wird es unmöglich sein, diesen für uns so deutlich spürbaren Unterschied zu begreifen.*

Der andere sagte: *Das ähnelt den Aufzeichnungen des Marc Aurel in einem Zelt an der Grenze des Imperiums, in das er nicht mehr zurück kann und in dem er eigentlich nichts mehr zu suchen hat.*

Ich las es am 1. Januar.

II

Hotelfrühstücke

5. Jh. v. Chr. • 1453 • 1529 • 1714 • 1717 • 1787 • 1871 • 1917-1933-1934-1937-1941-1942-1943-1944-1945 • 1955 • 1973 • 1976 • 1982 • 1986 • 1987 • 1988 • 1989 • 1990 • 1991 • 1992 • 1995 • 2001 • 2002 • 2005 • **2006**

Wie jeder, der bequem ist, liebe ich Hotelfrühstücke. »Wie jeder, der bequem ist, liebte auch Herr NN Hotelfrühstücke«, hätte vor hundertfünfzig Jahren ein Schriftsteller realistischer Schule geschrieben. Die Unmöglichkeit, diesen fiktiven Herrn NN zu beschreiben, sein schütteres Haar, seine geduckte Haltung – da lachen ja die Hühner! –, hat die Moderne ins Leben gerufen, deren Dichter das eigene schüttere Haar und die eigene geduckte Haltung mit Abscheu und Bewunderung behandelten und, statt einem imaginären Herrn NN fiktive Lebensregeln zu basteln, sich mit ihren eigenen Regellosigkeiten quälten.

Man sagt, sogar Leo Tolstoi habe im Alter – starrsinnig wie er war – behauptet, es sei nicht mehr möglich, über einen aus der Fantasie heraus entstandenen Menschen zu schreiben, wie er zum Tisch kommt, sich auf einen Stuhl setzt usw. Der Alte, nachdem er sich alles gegönnt hatte, wollte den anderen alle Freude dieser Welt nehmen: Leibliche Liebe sei widerlich, gutes Essen sei unmoralisch, Herrn NN zu beschreiben sei nicht mehr möglich.

Ich liebe also Hotelfrühstücke, dennoch weiß ich nicht, warum. Keine Gleichungen mehr, keine festen Regeln wie: Bequem zu sein, heißt: Hotelfrühstücke zu lieben. Ein anderer Querulant, nicht weniger störrisch als Tolstoi – Thomas Bernhard –, wusste wunderbar absurde Gleichungen zu erfinden, die er aber von sich gab mit der Selbstverständlichkeit eines Tolstoi. Bei einem Waldspaziergang lässt er seinen Vertreter feststellen: »Es gibt hier so viele Wirtshäuser, sage ich, weil es so finster ist. Viel Finsternis, sage ich, viel Wirtshäuser.«

Der Zeitfluss

5. Jh. v. Chr. • 1453 • 1529 • 1714 • 1717 • 1787 • 1871 • 1917-1933-1934-1937-1941-1942-1943-1944-1945 • 1955 • 1973 • 1976 • 1982 • 1986 • 1987 • 1988 • 1989 • 1990 • 1991 • 1992 • 1995 • 2001 • 2002 • 2005 • **2006**

Der Frühstücksraum ist noch leer, es freut mich, Ruhe zu haben: Nach der langen gestrigen Fahrt und dann – weit nach Mitternacht – einem Telefonat mit Andreas und einem Schlaf, den das Geräusch des Regens begleitete. Ich meinte im Traum, mitten in meinem Zeitfluss zu sein, aber nicht in den Armen meines Zeitflussweibes, sondern neben Andreas, mit seinem schmalen Gesicht von vor zwanzig Jahren, dem eines »deutschen Studenten«, wie man sich in Russland im 19. Jahrhundert einen solchen vorgestellt hatte: die große, etwas lachhafte Schillernase, verschlafene Augen, eine Strähne fällt ihm stets ins Gesicht, in der Farbe des im Herbst vergilbten Grases. Eine schüchterne Erscheinung, doch hin und wieder ein herablassendes Lächeln aus der Verschlafenheit heraus: Als Andreas zum Beispiel lachend »typisch Pawel« sagte und auf die von Pawel über den Fußboden verstreute Zigarettenasche, die Bücher und Manuskripte wies. Pawel darauf, achselzuckend: »Wissen Sie, Marina, es gibt Menschen, die machen alles, was sich gehört, aber vergessen dabei, was das Leben ausmacht, nämlich das zu tun, was sich nicht gehört.« Dann träumte mir sein heutiges Gesicht eines »deutschen Professors«, das Alter steht ihm gut, sein Lächeln ist nicht mehr herablassend, aber irgendwie zu traurig, als dass es wirklich freundlich erschiene, seine Augen blicken aufgeweckt und aufmerksam, nur die Strähne fällt ihm noch immer ins Gesicht. Als der Regen aufhörte, konnte ich nicht mehr schlafen. »Du hast nicht angerufen, ich wusste, du bist schon da, aber mein Handy schwieg, ich dachte, ich habe dich vielleicht beleidigt, wusste diesmal aber nicht, wie.« Diese Worte wiegten mich zuerst in den Schlaf, dann brachten sie mich um den Schlaf. »Wie hast du dich entschieden«, fragte er mich, und ich wusste die Antwort nicht. »Andrjuscha, wir sprechen darüber in einer Woche, wenn ich zu dir komme, gut?«, sagte ich, »ich muss mich jetzt auf meine Vorträge konzentrieren, ja?«

Die Sonne rollte an, noch benommen vom Schlaf. Sie blies weder den weißlichen Dunst aus der Luft, noch nahm sie die letzten Reste der Feuchtigkeit von den Sträuchern im Hotelgarten hinter der pavillonrunden gläsernen Wand.

Nachtigallen in der Nacht

5. Jh. v. Chr. • 1453 • 1529 • 1714 • 1717 • 1787 • 1871 • 1917-1933-1934-1937-1941-1942-1943-1944-1945 • 1955 • 1973 • 1976 • 1982 • 1986 • 1987 • 1988 • 1989 • 1990 • 1991 • 1992 • 1995 • 2001 • 2002 • 2005 • **2006**

Inzwischen habe ich nun doch Tischgesellschaft.

»Heute Nacht waren die Nachtigallen im Park zu hören«, sagt Manfred, ein Slawist aus Bielefeld, dessen Empfehlung ich die Einladung hierher verdanke. Die anderen haben sie auch gehört. Wie oft habe ich dieses Gespräch mitgeführt, am sommerlichen Morgen in einem Hotel, in dem deutsche Literaten frühstücken. (Viele deutsche Dichter, dachte ich, viele Nachtigallen). »Nein«, Gott weiß warum, ich bestreite jedes Mal, dass das Nachtigallen waren, »nicht Nachtigallen, es waren (*Lerchen*, sagt Manfred und lacht) Amseln.«

Ein mir unbekannter älterer Lyriker nimmt seine Serviette vom Schoß, faltet sie akkurat, schaut über den goldenen Rand seiner Brille und spricht:
»Es war die Lerche, die Heroldin des Morgens, nicht die Nachtigall.«

Ich fühle eine plötzliche Welle von Sympathie für diese Gesellschaft, die auf kurze Zeit zusammengerufen wurde, um ein paar Tage lang dem Publikum (und einander) eigene Gedichte und Prosa vorzutragen oder fremde Werke zu rezitieren oder zu musizieren und Bücher und CDs zu verkaufen (falls das Publikum so nett sein wird, zu erscheinen; der Dichter Fjodor, der gestern aus Holland kam, erzählt mir nun, wie er dort in einer Bücherei seine Gedichte vor vier strickenden Frauen vorzulesen hatte, »schade, Fjodor, dass es nicht drei waren, dann hättest du ja die drei Parzen in ihnen sehen können«, sage ich. »Ja«, sagt Fjodor, »dafür aber kaufte die Vierte ein Buch von mir, das auf Holländisch, und dazu noch ein russisches, für ihren Neffen, weil er mit einer Polin verheiratet ist«). Oder zu versuchen (wie ich), die unvorstellbarsten Dichter des vorigen Jahrhunderts vorzustellen. Bald fahren wir vom Hotel zu den verschiedenen Orten, über die sich das Sommerfestival ausbreitet.

Zum zehnten Mal greife ich in die Tasche. Und mit einem unnützen »Hallo, Andreas« im Mund, das zum zehnten Mal vor der Lippengrenze erstarrt, stecke ich das Handy zurück.

»Lassen Sie das, Marina, es ist nicht Ihr Handy«, sagt Anna, eine Dichterin aus Moskau, »es sind die Stare, die piepsen, Ihr Handy klingt nach Jazz, und die Stare singen andere Handytöne nach, ich weiß nicht, welche. Bei meiner Großmutter im Garten singen die Stare die Erkennungsmelodie ihrer Lieblings-Soap.« Fjodor schaut sie verächtlich an, als wolle er sagen, »na, schauen Sie sich diese Ornithologin an! Bringt keinen anständigen Vers zustande und will über alles Bescheid wissen.«

Der Prosaiker Nikolaj aus Moskau schweigt neutral. Ich schweige auch, will mich konzentrieren und nachdenken über meinen heutigen Vortrag. Ich überlege, ob ich von der Witwe von Daniil Charms erzählen soll, wie sie durch das zerbombte Berlin irrt.

Schuhschnabel in den Ruinen von Berlin

5. Jh. v. Chr. • 1453 • 1529 • 1714 • 1717 • 1787 • 1871 • 1917-1933-1934-1937-**1941-1942-1943-1944-1945** • 1955 • 1973 • 1976 • 1982 • 1986 • 1987 • 1988 • 1989 • 1990 • 1991 • 1992 • 1995 • 2001 • 2002 • 2005 • **2006**

Einer der Forscher hat Daniil Charms' Witwe, die schöne Marina Malitsch, ausfindig gemacht. An der Karibikküste. In Venezuela. Hat ihre Erinnerungen aufgenommen und aufgeschrieben. Eigentlich eine Jahrhundertsensation. Doch die »Oberiuten«, wie man Charms und seine Freunde am häufigsten nennt, sind der Zankapfel der Literaturwissenschaft. Viele Kollegen behaupten, das Buch, in dem er ihre Geschichten festgehalten hat, sei nicht so authentisch, er habe vieles selbst erdichtet. Einige nennen es, sogar in den Bibliografien ihrer Charms-Bücher: »Unser Mann Daniil Charms« – so ein *running gag*. Ich aber meine, dass weder er noch ein anderer die Begabung gehabt hätte, so etwas zu erfinden. Auf jeden Fall – da ist man sich dennoch einig, denn noch einige andere haben die alte Frau in Übersee besucht – sind die Stationen ihres Lebens bekannt geworden:

Sie ging zum Gefängnis, um Charms ein Päckchen zu übergeben, ein bisschen Brot, das bedeutete im belagerten Leningrad, sie brachte ihm ihre eigene Ration und war selbst nah am Verhungern. Sie hatte die eingefrorene Newa zu überqueren, die Sonne strahlte, die Schneehaufen glänzten, die deutschen Flieger surrten das Lied der Zeit, die hier zum Raum geworden war. Sie kam an zwei Jungen vorbei, sie baten um Essen, dann fielen sie vor Schwäche um, sie ging weiter. Als sie ihr Ziel erreicht hatte, erfuhr sie, dass Charms gestorben war. Sie dachte mit kurzem Bedauern an die beiden Jungen: Sie hätte das Brot ihnen geben können …

Sie wurde in ein Dorf evakuiert, das bald darauf die Deutschen besetzten. Man verschleppte sie nach Deutschland und gab sie in einen Haushalt. Sie schälte Kartoffeln und wischte Dielen bis zu der Nacht, in der die Nachtigallen schlugen, zwischen den frischen Trümmern von Berlin. Sie irrte durch die Stadt, bis sie in ein Lager französischer Gefangener kam, mit ihnen konnte sie später nach Paris fliehen. Die amerikanischen Bomben fielen und fielen. Oder waren das schon russische Kanonen? Den Menschen schien es ein Weltuntergang, die Tiere meinten, es sei eine Jagd. In der Silvesternacht ist es dasselbe. Für die Tiere. Aber auch Andrjuschas Mutter sagte mir, als ich am Neujahrstag bei ihr zum Essen war, jedes Jahr muss sie in dieser Nacht an die Bombardierungen denken. In der Morgendämmerung, so stelle ich es mir vor, begegnete Marina Malitsch ein aus dem zerbombten Zoo entlaufener Schuhschnabel und schüttelte missbilligend den Kopf.

Der Todesvogel im Zoo

5. Jh. v. Chr. • 1453 • 1529 • 1714 • 1717 • 1787 • 1871 • 1917-1933-1934-1937-1941-1942-1943-1944-1945 • 1955 • 1973 • 1976 • 1982 • 1986 • 1987 • 1988 • 1989 • 1990 • 1991 • 1992 • 1995 • 2001 • 2002 • **2005** • **2006**

Als ich vor einem Jahr in Berlin war, sagte ich Andrjuscha, dass ich endlich in den Zoo wolle. Ich wollte diesen unsichtbaren Vogel sehen, der sich Gombrowicz auf die Schulter gesetzt hatte, als er nach einem Vierteljahrhundert in Argentinien wieder nach Europa kam. »Ich war meinem Tod schon unter so manchen Umständen begegnet«, schreibt Witold Gombrowicz, »aber diese Begegnungen bargen immer ein gewisses Verfehlen, das noch Aussicht aufs Leben ließ, im Tiergarten dagegen erfuhr ich den Tod direkt – und seither weicht er mir nicht von der Seite. Ich hätte Amerika nicht verlassen dürfen.« Und er schließt: »So setzte sich mir der Tod von da an alle Augenblicke auf die Schulter, wie ein Vogel, während des ganzen Aufenthaltes in Berlin.«

»Von mir aus«, sagte Andreas. Es war ein regnerischer Morgen. Wir saßen in einer Kneipe.

Philemon und Baucis
(Die gängigen Dinge des Lebens)

5. Jh. v. Chr. • 1453 • 1529 • 1714 • 1717 • 1787 • 1871 • 1917-1933-1934-1937-1941-1942-1943-1944-1945 • 1955 • 1973 • 1976 • 1982 • 1986 • 1987 • 1988 • 1989 • 1990 • 1991 • 1992 • 1995 • 2001 • 2002 • **2005** • **2006**

»Warum hast du dich scheiden lassen?«, fragte mich Andreas. Das Marmortischchen auf den Gussbeinen wie die der alten Singer-Nähmaschine, Tretnähmaschine, nur etwas asketischer und ohne Trittbrett, hatte auf seiner Platte einen Fleck von jemandes Bier. »Guck mal«, sagte ich, »Afrika.« »Nein«, sagte Andrjuscha, »das ist Lateinamerika, typisch, du bekommst schnell eine Ähnlichkeit mit und gibst dir dann keine Mühe mehr, genauer hinzusehen.« *Andrjuscha*, wollte ich sagen, *ich werde dich nie heiraten*, ich habe mich scheiden lassen, nachdem Igor einmal meinte, mit einer Nebenstraße würden wir den Weg zu Antonia und Pawel abkürzen, ich aber wusste genau, dass er dann zehn Minuten länger sein würde. Da empfand ich plötzlich eine ebenso heiße wie eisige Welle von Hass, die mich erschreckte, ich stellte mir die aufeinanderfolgenden Jahre vor, die Häufung solcher Streitigkeiten und Nichtigkeiten (*Red keinen Blödsinn, das war im vorvorigen Frühling, da war meine Tante pensioniert worden, und wir waren bei ihr zu Besuch, und unterwegs habe ich mir noch dieses rote Kleid gekauft – Aber nein doch, du weißt das nicht mehr, es war vorigen Herbst, ich weiß es genau, wir mussten das Auto reparieren lassen*). Diese kleinen Splitter im Tagesablauf (*Bitte, tu nie wieder die Socken in diese Schublade, so kann niemand was finden*), diese gängigen Dinge des Lebens, die den Körper erschüttern – eine kalte Flamme fährt über die Haut, Gereiztheit, genau so intensiv wie einst das warme Licht der Leidenschaft über dieselbe Haut flog. Jede Sekunde ist nun giftige nachtragende Beobachtung, angriffsbereit, wie einst die Liebe alle netten Kleinigkeiten registrieren ließ. Philemon und Baucis – nur sie im ganzen Dorf waren nicht in eine derartige Unterhaltung vertieft, als es an der Tür klopfte. (Weder aus Angst noch aus Geiz, nur allein aus Hass hatten die Nachbarn nicht geöffnet. »Agathe, machst du auf?« – »Du siehst doch, Agathon, ich reinige gerade diesen blöden Pott. Und du? Mach doch du auf, das ist bestimmt wieder dein Bruder, der Schwätzer.« – »Aber nein, es ist noch zu früh für ihn, das ist gewiss dein Onkel, der etwas ausleihen kommt.« Agathe versucht sich zu beruhigen, indem sie den Reigen der trunkenen Satyrn auf dem breiten Henkeltopf besonders hingebungsvoll putzt. Agathon geht öffnen, aber es ist niemand mehr da, nur von unsichtbaren Grillen erfüllte Schwärze. Die ungeduldigen Götter sind weitergezogen, bis sie an die kleinste und ärmste Hütte gekommen sind.) Warum sind die beiden arm geblieben? Sie waren weder faul noch dumm, nur wunschlos glücklich miteinander. – »Ich mach schon auf, Philemon, du hattest einen schweren Tag.« – Was hatten sie zu bereden, bevor sie den Göttern auf die Frage antworteten, was denn ihr Wunsch sei? »Philemon, lass uns sagen, dass ich als erste sterben soll, lass mich das sagen, Philemon, keinen Atemzug will ich tun ohne dich, kein Sonnenlicht will ich noch Mondschein.« Schüchtern und unbeholfen bittet die hutzelige Hand. Er schüttelt den Kopf, seine große Nase guckt aus dem Gezweig wie ein Wiedehopfschnabel, sie werden (keiner als erster) stehen in hartem Laub, irgendwann werden sie gleichzeitig verdorren. Oder Faust lässt sie absägen. *Siehst du nicht einen Elefanten dort, Andrjuscha?* könnte ich sagen. Aber die Wahrheit ist, ich bin nicht gereizt. Von mir aus kann der Fleck auch Südamerika sein, obwohl ich eindeutig einen Elefanten sehe, der für Afrika spricht. Ich aber schweige, antworte auf Andrjuschas Frage nicht und lasse auch meine Gegenfrage ungestellt. Die wäre gewesen: *Warum hast du vor sechzehn Jahren deine nun schon längst von dir geschiedene Frau geheiratet*? Das war die größte Kränkung meines Lebens.

Während wir damals am marmornen Cafétischchen saßen und uns über die Konturen der Kontinente austauschten, rief Antonia mich auf dem Handy an und sagte, Pawel gehe es sehr schlecht. Sie sagte: »Heute kam in sein Krankenzimmer ein Alter, begleitet von seiner Frau. Sie waren beide so gebrechlich, man hätte Mitleid haben müssen. Ich aber spürte nur den Neid wegen all der Jahre, Jahrzehnte, die sie zusammengelebt hatten.« – »Braucht er eine bestimmte Medizin«, fragte Andreas, »die es nicht gibt in Russland? Soll ich etwas besorgen?« – »Nein«, antwortete Antonia, »wir haben alles, danke, mein Lieber.« – »Weißt du was?«, sagte ich, »vielleicht waren sie schon alt, als sie sich kennengelernt und geheiratet hatten?« Es war das Dümmste, was man sagen konnte. Antonia lachte ein Lachen, das schlimmer war als Schluchzen. «Ich fliege morgen zurück und komme direkt vom Flughafen zu dir«, fügte ich hinzu.

»Trotzdem Zoo?«, fragte Andreas.

Der Todesvogel im Zoo

5. Jh. v. Chr. • 1453 • 1529 • 1714 • 1717 • 1787 • 1871 • 1917-1933-1934-1937-1941-1942-1943-1944-1945 • 1955 • 1973 • 1976 • 1982 • 1986 • 1987 • 1988 • 1989 • 1990 • 1991 • 1992 • 1995 • 2001 • 2002 • **2005** • **2006**

Andreas hielt den Regenschirm, mit einem Gesichtsausdruck, der hieß: Du immer mit deinen Einfällen, na gut, hier sind deine Vögel. Er erzählte mir, etwas gelangweilt, von den Bombardierungen, von den Straßenkämpfen, die auch den Zoo trafen. Die Tiere starben erstaunt. Nicht einmal Tapferkeit wurde von ihnen verlangt. Dann wurden die Kadaver gezählt und die Überlebenden gesammelt (»In ein *Displaced Animals Camp* gebracht?« fragte ich. »Nein«, sagte Andreas, »erschossen, glaube ich. Sie waren für die Menschen gefährlich.«). Tote Elefanten sollen aussehen wie Kraken am Meeresgrund. Ein paar Vögel konnten sich retten. Ein Schwarzschnabelstorch, ein Schuhschnabel (den Schuhschnabel, meinen Lieblingsvogel, hatte mir einmal Andrjuschas Onkel Peter im Frankfurter Zoo gezeigt: Er ähnelte wechselweise einem großen verlorenen Kind oder einem kleinen verlorenen Greis, er weigerte sich, den Fisch aus der Hand des Wärters zu fressen, schüttelte nur seinen schweren Kopf, der Schuh seines Schnabels sah traurig aus und beleidigt). Andreas und ich gingen langsam zwischen den Gehegen, Gruben und Schildern umher. Einige wenige alte Pavillons standen rund, grünlich, eng. Die meisten Vögel jedoch hatten neue Volieren, hell, geräumig. Ein Kagu aus Neukaledonien ließ nach Vergleichen suchen: Wie aus verstaubtem Silber, von hinten ein gealterter Rocksänger mit ergrautem Zopf, von vorne ein rührendes Küken, und im Profil ein barocker Casanova mit gepuderter Perücke.

Russland ist die Heimat der Elefanten!

5. Jh. v. Chr. • 1453 • 1529 • **1714** • 1717 • 1787 • 1871 • **1917**-1933-1934-1937-**1941**-1942-1943-1944-1945 • 1955 • 1973 • 1976 • **1982** • 1986 • **1987** • 1988 • 1989 • 1990 • 1991 • 1992 • 1995 • 2001 • 2002 • 2005 • **2006**

Einmal sammelten meine Studenten Unterschriften für einen Elefanten. Der Petersburger Zoo solle endlich wieder einen Elefanten anschaffen. Im zu unterschreibenden Brief standen Geschichten, die mich entzückten, obwohl ich sie nicht für zweckdienlich hielt:

Der erste Petersburger Elefant kam 1714 aus Persien, ein Geschenk des Schahs an Peter den Großen, ein prächtig geschmücktes Tier, furchterregend, den Volksglauben bestätigend, Peter mache krumme Geschäfte mit dem Teufel. Nicht lange allerdings konnte das Tier dem Volksglauben dienlich sein: Es starb bald. Unklar, ob es an der Kälte starb oder an den Spirituosen, die man ihm eingeflößt hatte, um es zu wärmen. Der Schah geizte nicht mit Elefanten und schickte gerne Nachschub: Die Elefanten kamen die Wolga entlang gelaufen und die Bewohner der Dörfer liefen ihnen meilenweit hinterher. 1917 aber (meine Studenten vollführten einen Sprung) kam die Oktoberrevolution. Die revolutionären Matrosen erschossen den kaiserlichen Elefanten, wahrscheinlich als Klassenfeind.

(Der Todesvogel breitete damals seine Schwingen über beide Seiten der Newa. Die Urgroßeltern meiner Schulfreundin Lisa wurden vom Dienstmädchen und ihrem Liebhaber, einem revolutionären Matrosen, in einer jener Nächte ermordet. Das Mädchen mit der gestärkten Spitzenschürze und der Bursche mit der hübschen Matrosenmütze begriffen auf einmal, dass

das Leben der Herren, in diesem Fall der »jüdischen Kapitalisten«, nichts mehr wert war. Lisas Urgroßvater Solomon war Kaufmann der ersten Gilde, was ihm erlaubte, in Petersburg zu leben. (Im Zarenrussland musste ein Jude, der nicht Kaufmann der ersten beiden Gilden war oder kein Universitätsdiplom hatte, in Weißrussland oder der Ukraine bleiben.) Der Urgroßvater Solomon hatte auch ein Universitätsdiplom. Lisas Urgroßmutter Rachel kam spät nach Hause, sie hatte ihre Kusine Hannah besucht, *weißt du*, sagte sie zu ihrem Gatten, *Hannah hat mir erzählt, diese Barbaren haben den Elefanten erschossen, einfach so, aus Übermut*. Sie legte schnell ihren Schmuck ab, ging nach oben ins Kinderzimmer, Lisas Großmutter schlief schon, sie sagte dem Dienstmädchen, sie könne morgen Vormittag frei haben (*Ja, Madame, merci, Madame*), und ging schlafen, um nie zu erwachen. Ein bisschen Geld, ein paar Armbänder, Ketten, Ohrringe haben sie genommen, im Hause blieb viel Blut und Lisas schlafende Großmutter (sie ist dann bei Hannah aufgewachsen) und die indigoblaue Rokoko-Vase mit dem Bild von drei sitzenden Frauen vor einem Rosenbusch. Und jene Urkunde über Urgroßvater Solomons Recht auf das Leben in Petersburg).
Davon aber wussten meine Studenten nichts, nur von den Elefanten:

Eine Elefantenkuh, Betti, überstand die Revolution und lebte im Leningrader Zoo, bis sie bei der ersten deutschen Bombardierung im September 1941 umkam. In den 50er Jahren schenkte Nordvietnam Leningrad den Elefanten Sjun. Er starb jedoch 1982, an Heimweh. Elefanten sind schlechte Linguisten, sie können Befehle nur in einer Sprache lernen. Als die Vietnamesen, die ihn gebracht hatten, abgereist waren, wurde er immer trauriger und mürrischer, bis er nicht mehr weiter konnte. – Schrieben meine Studenten.

Es ist wahr, dachte ich: Als Andrjuscha und ich Ende der 80er-Jahre den Zoo in Leningrad besuchten, gab es keinen Elefanten dort. »Russland ist die Heimat der Elefanten!«, rief Andrjuscha grinsend. Dieses in Russland beliebte Witzwort erinnerte an die patriotische Kampagne der späten Stalinzeit. Wir standen vor dem grünlich schimmernden Eisbär, dann aßen wir Eskimo-Eis und ließen uns mit dem bemalten Pappindianer fotografieren.
Außer uns waren nur die von den Kleinkindern geführten Großeltern dort. Einige der Kinder hätten wohl meine künftigen Studenten sein können, die keinen Elefanten zu Gesicht bekommen haben.

In ihrem Brief schrieben sie:

Es ist bereits eine Generation von Kindern erwachsen geworden, die nie einen lebendigen Elefanten gesehen, nie eine Möhre dem gescheiten Rüssel entgegengestreckt haben. So verliert eine Stadt ihr Gesicht.

Der Todesvogel im Zoo

5. Jh. v. Chr. • 1453 • 1529 • 1714 • 1717 • 1787 • 1871 • 1917-1933-1934-1937-1941-1942-1943-1944-1945 • 1955 • 1973 • 1976 • 1982 • 1986 • 1987 • 1988 • 1989 • 1990 • 1991 • 1992 • 1995 • 2001 • 2002 • **2005** • **2006**

Im Berliner Zoo erzählte ich Andreas von der Elefantenkuh Betti. »Tote Elefanten ähneln Kraken, nicht wahr?«, sagte ich. »Nein«, sagte er.

Andreas las mir über den Kagu aus Neukaledonien vor. Vermutlich, weil er sonst seinen beiden Kindern im Zoo Schilder vorliest. Kagus gäbe es nur noch wenige, die meisten leben in Tiergärten. Sie fliegen nicht. Und wozu auch? Niemand hatte sie in Neukaledonien bedroht, bis die Europäer kamen. Gut, die Kanaken, die Ureinwohner, haben sie auch gegessen, aber erst die Franzosen brachten ihre Hunde mit: *Juliette, pass auf, dass Moustache dir nicht in die Wildnis wegläuft! – Ja, Papa, mach ich, Papa, oh, Papa, Moustache ist entlaufen!* Juliette weint, nach zwei Tagen ist ihr Windspiel glücklich zurück, aus dem spitzen Maul hängen die gepuderten Casanova-Strähnen.

Als Andrjuscha mich im Berliner Zoo schließlich fragte, ob ich ihn nun heiraten wolle, sagte ich, »weißt du, außerdem gibt es bedrohte Pflanzen.« Andrjuscha schaute mich erstaunt an und sagte, »Ja, ich weiß, Lisa hat oft davon gesprochen.«

Auf den Blättern einer gigantischen Nymphaea

5. Jh. v. Chr. • 1453 • 1529 • 1714 • 1717 • 1787 • 1871 • 1917-1933-1934-1937-1941-1942-1943-1944-1945 • 1955 • 1973 • 1976 • 1982 • 1986 • **1987** • **1988** • **1989** • **1990** • **1991** • 1992 • 1995 • 2001 • 2002 • 2005 • **2006**

Als Andrjuscha damals aus Leningrad abgereist war, schrieb er mir ein paar Postkarten, ich schrieb ihm auch ein paar Postkarten, das Internet gab es noch nicht, telefonieren war teuer, für ihn wie für mich. Er nutzte jede Gelegenheit, nach Leningrad zu kommen, jobbte sogar als Reiseleiter. Die Zeit begann zu knicken und zu knacken. Die Grenzen wurden locker, ich plante meine erste Reise nach Deutschland. Einmal rief Andreas an und teilte mit, dass er heiraten werde. *Warum?* wollte ich fragen. Wir sprachen aber weiter, als ob nichts wäre, als ob nichts so selbstverständlich sei wie das. Er schickte mir weiter Postkarten und rief ab und zu an. Die Zeit war schon ziemlich weit mit ihrem Knicken & Knacken. Die Lebensmittel wurden knapp. Man bekam Karten für den Kauf einer bestimmten Menge pro Monat von Zucker, Butter, Waschpulver. Die Menschen gingen auf die Plätze und demonstrierten für und gegen alles: dafür, dass Leningrad wieder Sankt Petersburg heißen solle, dagegen, dass Leningrad wieder Sankt Petersburg heißen solle; für die Auflösung der Sowjetunion, gegen die Auflösung der Sowjetunion; für die Freiheit der sexuellen Orientierung, gegen dieselbe. Soweit, dass man sich auch für Elefanten eingesetzt hätte, war das Rechtsbewusstsein noch nicht. Als ich meinem Professor sagte, ich wolle in meiner Diplomarbeit über Daniil Charms schreiben und zwar über den Einfluss der deutschen Dichtung auf ihn, antwortete er, selbst von seiner Tapferkeit überrascht, *ich glaube, das wäre sogar möglich*. Einmal kam Lisa und erzählte, dass im Botanischen Garten, wo sie arbeitete, sehr seltene Pflanzen erfroren, weil die Heizung nicht mehr funktionierte. »Weißt du«, sagte sie, »es sind solche dabei, die die Belagerung überstanden haben, die Mitarbeiter hatten sie mit nach Hause genommen, dann mit in die Evakuierung, dann haben sie diese Pflanzen zurückgebracht. Und nun gehen sie ein.« Während sie das erzählte, dachte ich daran, wie Andrjuscha und ich einmal bei ihr im Botanischen Garten waren. Sie lud uns ein, auf den Blättern einer gigantischen Nymphaea zu stehen, mit ihren nach oben gekippten Kanten waren sie wie grüne Bratpfannen. Ich sprang sofort auf die glatte Oberfläche, Andreas zögerte, er wollte nicht glauben, dass sie unter seinem Gewicht nicht unterginge. Als ich daran dachte, klingelte es, und das war Andreas. Wir sprachen dann zu dritt über die exotischen Pflanzen. »Lisa«, sagte Andreas, »warum haben die Botaniker damals die Pflanzen mit nach Hause genommen, und nun siehst du zu, wie die Pflanzen eingehen? Typisch sozialistische Einstellung, die die alten Mitarbeiter damals noch nicht hatten.« – »Stimmt«, sagte Lisa, »morgen nehme ich einige mit nach Hause. Aber wenn sie mich erwischen und des Diebstahls beschuldigen, wirst du mir ins Gefängnis Pakete bringen!« Andreas stellte seinen Rucksack auf den Küchentisch und holte Schokolade, Kekse, Wurst und viele andere gute Sachen hervor, die es, hatte er gehört, bei uns nicht mehr gab. Wir haben ein Abendessen gemacht, Antonia, Pawel und Fjodor eingeladen, mein nun ehemaliger und damals künftiger Mann kam auch. Ich habe geglaubt, das sei gut so.

Kanaken, Koffer packen!

5. Jh. v. Chr. • 1453 • 1529 • 1714 • 1717 • 1787 • 1871 • 1917-1933-1934-1937-1941-1942-1943-1944-1945 • 1955 • 1973 • 1976 • 1982 • 1986 • 1987 • 1988 • 1989 • 1990 • 1991 • 1992 • 1995 • 2001 • 2002 • **2005** • **2006**

Als Andrjuscha mich im Berliner Zoo schließlich fragte, ob ich ihn nun heiraten wolle, wollte ich ihm vieles darauf sagen, *Andreas,* wollte ich sagen, *hättest du mich vor zwanzig Jahren gefragt, ob ich dich heiraten will, was soll ich denn nun damit, soll ich alles verlassen, was in den vergangenen zwei Jahrzehnten mein Leben war, um deine Frau zu werden, und was tue ich in Deutschland, habt ihr da einen Mangel an arbeitslosen Germanisten?* – wollte ich sagen. Aber ich schwieg.

Als wir zum Auto gingen, sahen wir eine Zeile über die Wand springen: »Kanaken, Koffer packen!« Ob sich hier wohl viele Kanaken aufhalten, Landsleute des Vogels Kagu, fragte ich mich. Andreas schüttelte missbilligend den Kopf, wie ein Schuhschnabel, aber im Unterschied zum Schuhschnabel wirkte das nicht rührend, man sah ihm plötzlich sein Alter an, ein alternder deutscher Professor, der gerade einer immerhin *noch jungen* russischen Frau Doktor der Philologie einen Heiratsantrag gemacht hat.

Weder ein Schuhschnabel noch ein Kagu aus Neukaledonien könnte sich jemandem auf die Schulter setzen. Was für einer war das doch bei Gombrowicz? Wohl einer, dem man überall begegnen kann. Ein Spatz etwa.

Alt und jung

5. Jh. v. Chr. • 1453 • 1529 • 1714 • 1717 • 1787 • 1871 • 1917-1933-1934-1937-1941-1942-1943-1944-1945 • 1955 • 1973 • 1976 • 1982 • 1986 • 1987 • 1988 • 1989 • 1990 • 1991 • 1992 • 1995 • 2001 • 2002 • 2005 • **2006**

Eine Familie sitzt noch am Frühstückstisch. Tochter mit blassem, unebenem Gesicht, wahrscheinlich nicht hübsch, ich sehe aber – da zwischen uns mindestens fünfzehn Jahre liegen – nur ihre Jugend und nicht den Mangel an Anmut. Sie ist mürrisch, unzufrieden, schweigt. Aber wenn ihre Eltern sie ansprechen, antwortet sie höflich. Die Mutter, bemüht lebhaft, versucht die Familie bei Laune zu halten. Auch zwischen ihr und mir liegen etwa fünfzehn Jahre, nur in anderer Richtung. Der Vater – ein Schönling. Das Mädchen würde dieses Wochenende natürlich lieber mit einem Freund verbringen, den es vermutlich noch gar nicht gibt. Der Vater hätte bestimmt bessere Optionen. Die Mutter bietet alles auf, um das Familienwochenende zu genießen. Das Mädchen, das freilich am unglücklichsten ist, kann sich dieses Unglück leisten. »Viel Grämens« kennt es noch nicht. Die Mutter wohl.

Ein Pendant zu dieser Gruppe bilden die jungen und die alten Autoren. Die Alten scherzen und lachen und machen sich lustig über einander. Die jungen Autoren sind ernst und höflich.

Und ich bin zwischen »alt« und »jung« und weiß nicht, ob ich noch ernst sein darf oder schon scherzen muss.

Wie schön ist ein uneigennütziges Gespräch!

(Noch etwas aus den Papieren, die Pawel mir geschenkt hat)

5. Jh. v. Chr. • 1453 • 1529 • 1714 • 1717 • 1787 • 1871 • 1917-**1933-1934**-1937-1941-1942-1943-1944-1945 • 1955 • 1973 • 1976 • 1982 • 1986 • 1987 • 1988 • 1989 • 1990 • 1991 • 1992 • 1995 • 2001 • 2002 • 2005 • **2006**

Unsere Tischgesellschaft spricht noch eine Weile von Nachtigallen. Aus Müdigkeit werde auch ich redselig, erzähle von Charms und seinen Freunden, wie nämlich einer von ihnen, Leonid Lipawskij, dazu übergegangen war, ihre Gespräche zu protokollieren, er nannte es »fotografieren«. Das war 1933 und 1934. Keine zwanzig Jahre nach der Revolution. Und doch: »In kleinen logischen Schritten« sind die Menschen, auch die Schriftsteller, zu Sowjetmenschen, respektive Sowjetschriftstellern geworden. Wer es nicht geworden war, war eine Anomalie, Unform. So waren Charms und die seinen. Aber nicht das will ich der Gesellschaft nun erzählen. Lipawskij liebte Gespräche, er schrieb: »Wie schön ist ein uneigennütziges Gespräch! Niemand braucht etwas von dem anderen, und jeder spricht, wann und was er will. Zwei Göttinnen stehen hinter den Gesprächspartnern: die Göttin der Freiheit und die Göttin der Ernsthaftigkeit. Sie schauen mit Wohlwollen und Respekt auf die Menschen, sie hören dem Gespräch mit Interesse zu.«

Ich will den anderen damit sagen, wie schön es ist, an einem stillen sommerlichen Morgen über Nachtigallen zu plaudern. Ich bin nicht sicher, ob jemand meine Botschaft wahrgenommen hat.

Zahlen und Figuren

(Noch etwas aus den Papieren, die Pawel mir geschenkt hat)

5. Jh. v. Chr. • 1453 • 1529 • 1714 • 1717 • 1787 • 1871 • 1917-**1933-1934-1937-1941**-1942-1943-1944-1945 • 1955 • 1973 • 1976 • 1982 • 1986 • 1987 • 1988 • 1989 • 1990 • 1991 • 1992 • 1995 • 2001 • 2002 • 2005 • **2006**

Je kleiner, desto mehr … Je kleiner, desto mehr … Je kleiner, desto mehr … Ein kleines Mädchen wiederholt das unaufhörlich. Seine Mutter – ja, ich weiß, man sagt und schreibt nicht mehr »es«, »sein«, »ihm«, wenn die Rede von einem Mädchen ist, aber diese Regel hat mich einst beim Deutschlernen so viel Mühe gekostet, dass ich jetzt einmal dabei bleiben will – seine Mutter isst konzentriert einen Obstsalat. Nachdem das Mädchen seine Schokolade aufgegessen hat, beginnt es die schillernde Stanniolhülle zu zerreißen. Da hat es zuerst zwei, dann vier, dann acht silberne Papierchen, die freilich immer kleiner werden. Es entscheidet sich für Quantität gegen Größe. Aber was es richtig begeistert, ist die Regel, die es gerade erkennt: *Je kleiner, desto mehr … Je kleiner, desto mehr … Je kleiner, desto mehr …*

Und ich erzähle weiter: Charms und seine Freunde haben den Unsinn als Erkenntnismittel gewählt. Sie wollten die absurde Welt verstehen, in der sie zu leben hatten. Das war der Schritt von Tschechow, dessen Alltagsgeschichten schon auf der Schwelle zum absurden Theater stehen, in das Chaos des 20. Jahrhunderts. Und ihre Gespräche (ich schaue Manfred an, der auch Theaterstücke übersetzt und einige Theaterleute kennt) sind ein riesiges Theaterstück. Wenn es doch endlich einen Regisseur fände!

Lipawskij sagte: *Also, ich habe ein geniales Buch gelesen: Goethes Farbenlehre. Den »Faust« konnte ich nicht bis zum Ende lesen, öde, und hier – alles glänzend.*

Olejnikow sagte: *Über Farben gibt es bei Leibniz bemerkenswerte Gedanken. Einzelheiten weiß ich nicht mehr, aber in groben Zügen ist es so: Die Farben sind winzige Figuren, Dreiecke usw. Und das Glas, das bestimmte Farben nicht durchlässt, ist einfach ein Gitter, das für solche Figuren nicht geeignet ist.*

Wwedenskij sagte: *Entfernung wird mit der Zeit gemessen. Die Zeit ist unendlich teilbar. Also gibt es auch keine Entfernungen. Denn man kann »Nichts« und »Nichts« nicht addieren.*

Lipawskij sagte: *Wieso meinst du, dass der Augenblick unendlich teilbar ist? Freiheit der Zersplitterung bedeutet, dass der Augenblick auch beliebig groß sein kann. Die Momente sind vermutlich in der Tat von jeder Größe, groß und klein, ineinander eingeschlossen.*

Das Mädchen bildet einen Kreis mit Daumen und Zeigefinger, schaut durch diesen Kreis. Auf diese Weise versucht es, alle Gegenstände rund zu sehen: mit den Lindenkronen ist das ja leicht, schwieriger wird es bei den Zypressen; mit ihrer fülligen Mutter kann es wohl gelingen, wie stellst du es aber mit dem langen, knochigen Fjodor an?

Alterstabelle, die Nikolaj Sabolozkij gemeinsam mit Leonid Lipawskij zusammengesetzt hat:

0 bis 10 Jahre – ein Säugling
10 bis 20 Jahre – ein Kind
20 bis 30 Jahre – ein Halbwüchsiger
30 bis 40 Jahre – ein Jüngling
40 bis 50 Jahre – ein junger Mann
50 bis 60 Jahre – ein reifer Mann
60 bis 70 Jahre – im besten Alter
70 bis 80 Jahre – bejahrt
80 bis 90 Jahre – ein Alter
90 bis 100 Jahre – ein Greis
100 bis 110 Jahre – am Lebensabend
110 bis 120 Jahre – Marasmus
120 bis 130 Jahre – am Sterben
130 bis 140 Jahre – Agonie
140 bis 150 Jahre – beim letzten Atemzug

Daniil Charms, geboren 1905, verhaftet am dritten August 1941, verhungert am zweiten Februar im Gefängnisspital.
Nikolaj Olejnikow, geboren 1898, verhaftet am dritten Juni 1937, erschossen am 24. November desselben Jahres.
Alexander Wwedenskij, geboren 1904, verhaftet 1941, gestorben beim Arrestantentransport.
Leonid Lipawskij, geboren 1904, gefallen im Krieg in der Nähe Leningrads, im November 1941.
Nikolaj Sabolozkij, geboren 1903, kam 1939 in Haft, entlassen 1946, gestorben 1958.

Das habe ich der Gesellschaft erzählt, dann gingen wir, auch die Mutter des von den Zahlen und Figuren begeisterten Mädchens war fertig mit ihrem Obstsalat.

III

Jede Beschreibung ist falsch / Die letzte Teilung

5. Jh. v. Chr. • 1453 • 1529 • 1714 • 1717 • 1787 • 1871 • 1917-1933-1934-1937-1941-1942-1943-1944-1945 • 1955 • 1973 • 1976 • 1982 • 1986 • 1987 • 1988 • 1989 • 1990 • 1991 • 1992 • 1995 • 2001 • 2002 • 2005 • **2006**

Ein von den abendlichen Schatten der Bäume gestreifter Hof, ein flach liegendes Gatter (Gitter?), hinter (unter?) dem wer weiß was (wer?) eingesperrt ist. Das Landhaus hier hatte vor hundert Jahren eine wohlhabende jüdische Familie errichten lassen, hat mir der jetzige Besitzer erzählt, mit dem Stolz, den ältere deutsche Herren ausstrahlen, wenn sie über Juden mit Sympathie reden, insbesondere, wenn sie über jüdische Bräuche Bescheid wissen (*Sehen Sie, liebe Frau Alexandrova, diese Gartenlaube hier war speziell für das Laubhüttenfest gebaut. Wissen Sie, was Laubhüttenfest ist?*). Man sieht den Häusern das Schicksal ihrer früheren Bewohner nicht an. Der Teich neben dem Haus ist von Wasserlinsen überzogen, *Grünspan der Zeit*, denke ich im Vorübergehen. Vielleicht frage ich den Hausherrn nach dem Abendessen, ob sie rechtzeitig haben wegkommen können (ich war immer gehemmt beim Fragen. Ich dachte, Menschen erzählen so viel, wie sie erzählen wollen. In Wirklichkeit warten Menschen auf Fragen. Hätte ich das früher begriffen, hätte ich Andreas damals fragen können: »Andrjuscha, warum? Was soll das, Andreas?«).

Der großbürgerliche Hausherr im großen Stil: Für seiner Familie und seiner Nachbarn Kurzweil hat er eine offene Bühne in seinem Garten, er lädt im Sommer Künstler ein, ihre Kunst zu zeigen und seine Gäste am Abendtisch zu unterhalten. Dieses Mal in Kooperation mit dem Kulturverein, der das Festival organisiert, zu dem ich hergereist bin. Der Schauspieler, der eben meinen Vortrag begleitet, d. h. Texte von Charms und den Seinen gelesen hat, tritt hier öfter auf, erzählt er mir nun. Wegen der zarten mädchenhaften Röte seiner Wangen scheinen seine Locken lichtblond zu sein und nicht altersweiß. Wir überqueren den gestreiften Hof. Ein Mädchen und ein Junge eilen auf uns zu. Ich nehme an, sie wollen mich noch etwas zu den Oberiuten fragen. Aber sie wollen das Autogramm des Schauspielers, halten sein Foto bereit.

Ich will mein Handy einschalten, doch ich habe vergessen, es vor dem Vortrag auszuschalten, seltsam, dass Andreas nicht angerufen hat, nicht einmal eine SMS. Ich bin noch ziemlich aufgeregt, wie immer dumm gerührt von den Geschichten, die ich schon so oft erzählt habe:

Ich blieb allein, schrieb Jakow Druskin, der letzte aus dem Freundeskreis. Er lebte in Petersburg bis 1980 im ständigen Dialog mit den Gegangenen: *Es ist peinlich, über sich selbst zu sprechen. Deshalb werde ich kurz sein: Mich interessiert die letzte Teilung. Was ich darunter verstehe, ist: Ich blieb allein.*

Die letzte Teilung macht die Mit-Teilung unmöglich.

Das habe ich gerade in meinem Vortrag mitgeteilt, die Kunde über die unmögliche Mit-Teilung. Dass sie, Charms und die Seinen, von allen Feen in der Wiege geküsst wurden, nur von einer nicht – von der, die für gängige Dinge des Lebens zuständig ist, Dinge der allgemeinen Mit-Teilung. Viel Unglück teilten sie zwar mit den anderen: verhaftet zu sein; sich vor der eigenen Wohnung zu fürchten, die nach der Durchsuchung aus allen Ecken und Rissen ängstlich winselt; arm zu sein und sich der eigenen kläglichen Kleidung zu schämen (Charms – aus Stolz und Trotz – machte seine Kleidungsstücke zum Karneval: wie ein »verrückter Engländer« (knielange Hose, kniehohe Socken, Käppi und Pfeife) ging er herum. Die Straßenjungen liefen ihm hinterher mit weit aufgerissenen Augen, wie weiland jene Wolgabauern dem persischen Elefanten. Nicht umsonst hasste er, der Verfasser der genialen Kindergedichte, Kinder: er hatte Angst vor ihnen). Das Unglück der Nicht-Mit-Teilung wurde ihnen großzügiger zugemessen als vielen anderen, ebenso das Unglück, die verkehrte Welt, die den anderen normal vorkommt, verkehrt zu sehen. Sie sprachen in die Leere. Die Leere gähnte gelangweilt, klappte dann ihren Mund zu und verschlang sie.

Wwedenskij sagte: *Und überhaupt: Jede Beschreibung ist falsch. Der Satz: »Ein Mensch sitzt, über seinem Kopf ist ein Schiff« ist doch vielleicht richtiger als »Ein Mensch sitzt und liest ein Buch«.*

Es wäre falsch zu sagen (das habe ich in meinem Vortrag *nicht* mitgeteilt): Ich stehe in einem schattigen Hof. Neben mir steht ein deutscher Schauspieler. Ich warte, bis er sein Foto signiert hat. Nein. Ich stehe in einem schattigen Hof. Über meinem Kopf kauen die Kamele das dürftige Grün, das nicht einmal grün ist. Unter meinen Füßen hinter dem Schattengatter (-gitter?) staubt der gelbe Himmel der Wüste, der Andreas und mir vor fast zwanzig Jahren golden war.

Zeitschleife

5. Jh. v. Chr. • 1453 • 1529 • 1714 • 1717 • 1787 • 1871 • 1917-1933-1934-1937-1941-1942-1943-1944-1945 • 1955 • 1973 • 1976 • 1982 • 1986 • 1987 • **1988** • 1989 • 1990 • 1991 • 1992 • 1995 • 2001 • 2002 • **2005** • **2006**

Ob ich das wollte oder nicht, Andreas ist mir im Laufe der Zeit zu einem alten Freund geworden. In den letzten Jahren kam ich wenigstens ein Mal im Jahr nach Deutschland. Vor einem Jahr hatte sich auch der Amerikaner John, ein lieber Freund unserer Zeit im nicht mehr existierenden Leningrad, eine Zwischenlandung in Berlin organisiert. Er, der sonst irgendwo in den Maisfeldern den Farmerkindern russische Vokabeln einpaukt und die Gedichte von Dichter Fjodor übersetzt, musste nach Petersburg zu einem Übersetzersymposium. Wir saßen in Andreas' Wohnung, die er nach der Scheidung gemietet hatte, auf großen Lederkissen, die – nach der Mode unserer Jugend – überall auf dem Boden lagen und alle anderen Möbel im Wohnzimmer ersetzten.

Ich sagte, für mich selbst unerwartet: »John, Andreas, wisst ihr noch, wie wir nach der Wüste das erste richtige Grün gesehen und wie wir uns darüber gefreut haben? Mir war gar nicht bewusst, dass ich das Grün vermisse. Genauso freue ich mich nun, euch beide zu sehen, wie lange ist es her, dass wir alle zusammen waren? Obwohl mir gar nicht bewusst war, dass ich euch vermisse. Ich meine diese Dreisamkeit.« John ging in die Küche, Kaffee holen, Andreas sagte, »Ich hab dich immer vermisst«, worauf ich ihn zum ersten Mal anschrie. Ich schrie, dass es nie danach ausgesehen habe. John kam mit dem Kaffee und wir tranken ihn eine Weile im Schweigen.

Nicht nur, dass viele Ausländer zu meinem Freundeskreis gehörten, als die Sowjetmacht doch vorhanden zu sein schien, nicht nur, dass ich überhaupt minderjährig war (keine Ahnung, wie die rechtliche Lage war, vielleicht drohte Andreas eine Strafe; dabei war ich ein Musterkind gewesen, mit sechzehn Jahren und Auszeichnung die Schule abgeschlossen und das Studium begonnen), sondern wir – das heißt John, Andreas, Fjodor und ich – haben auch noch die halbe Sowjetunion per Anhalter bereist. Weder John noch Andreas durften das. Sie hatten Visa, die ihnen nur den Aufenthalt in Leningrad erlaubten, für jeden anderen Ort sollten sie sich eine Extra-Erlaubnis besorgen. Gut, es hatte sich alles schon gelockert, die Perestrojka war bereits im Gang. Für Moskau konnte es noch durchgehen, fürs Trampen in Asien – definitiv nicht. Na ja, dachten wir, wir werden sagen, dass Wanja und Andrjuscha (Andreas ließ seinen Namen gerne russifizieren, John dagegen wehrte sich gegen »Wanja«, doch wenn Fremde dabei waren, war auch er damit einverstanden) aus der Sowjetrepublik Litauen sind, somit wird ihr Akzent und ihr unbestimmt anderes Aussehen erklärt. Diesen Einfall hatte Fjodor, nachdem seine Nachbarin einmal in der Gemeinschaftswohnung in die Küche kam. Sie starrte John argwöhnisch an. Fjodor wollte ihr Weltbild nicht damit belasten, dass nicht nur suspekte Bohemiens die Gemeinschaftswohnung frequentierten, sondern auch noch Ausländer dazu, und stellte unsere Freunde als Litauer vor. Es war gerade Ostern. Die Nachbarin Mila, eine alte formlose Tante, dachte ich damals, nun weiß ich, dass sie doch jung (noch jung) war, keine vierzig, ein paar Jahre älter als ich jetzt bin, kam in die Küche mit einer Schüssel voll gefärbter Eier. Sie schimmerten zart (dazu rieb man sie mit Pflanzenöl) in tiefem Terrakottarot (dazu kochte man sie in einem Topf mit Zwiebelschale). Solche Ostereier schmeckten gut, der Geschmack der Zwiebelschale drang beim Kochen durch die

Eierschale. Wir nahmen jeweils ein Ei, ungeschickt, nicht so, wie es sich gehört: ohne Mila zu küssen und ohne zu sagen »Christus ist auferstanden« (worauf die Antwort folgen sollte »Wahrlich, er ist auferstanden«). Mila wandte sich an John mit der Gretchenfrage. »Ich bin Agnostiker«, antwortete John. Mila machte ein unerwartet mondänes Gesicht und fragte interessiert: »Ist das eine christliche Religion?« John überlegte sich das, ernst wie er war, schaute Mila an, schaute Fjodor an – und sagte »Ja«.

50 Jahre Bahnmiliz

5. Jh. v. Chr. • 1453 • 1529 • 1714 • 1717 • 1787 • 1871 • 1917-1933-1934-1937-1941-1942-1943-1944-1945 • 1955 • 1973 • 1976 • 1982 • 1986 • 1987 • **1988** • 1989 • 1990 • 1991 • 1992 • 1995 • 2001 • 2002 • 2005 • **2006**

Manche Strecken sind wir damals mit der Bahn gefahren. Es stellte sich allerdings heraus, dass diese Fortbewegungsmethode gefährlicher war als das Trampen. Als wir auf dem langen staubigen Bahnsteig in einer kasachischen Stadt dem Milizionär folgten, flatterten mir die Kniescheiben, als wäre in ihnen je eine Fledermaus eingesperrt. Vom Staub war hier alles chamoisfarben, irreal wie ein altes getöntes Foto. Im Zimmer der Bahnmiliz grinsten uniformierte Männer. Selbstverständlich wurden wir verdächtigt, in unseren Rucksäcken Marihuana zu haben (hatten wir nicht). Die Milizmänner ahnten nicht, was für ein Glück ihnen zugefallen war: einen Westdeutschen und einen Amerikaner zu kriegen! Bis die beiden – im allerbesten Fall! – ausgewiesen werden, weiß Gott, was sie erwartet, von mir und Fjodor ganz zu schweigen, dachten wir alle, glaube ich. Über die Bräuche der asiatischen Miliz erzählte man Sagen und Legenden (grausam, unbegreiflich), Mädchen waren in solchen Expeditionen deshalb überhaupt unerwünscht (aber akzeptabler als Ausländer!). Aus Fjodors Jeanstasche hing eine schwere silberne Kette herab. Das war eine Uhrkette: ein *Ding von früher*, ein Überbleibsel aus dem Familienbesitz, das während der Belagerung Leningrads nicht gegen einen Katzenschenkel getauscht worden war. Fjodor nahm die an der Kette befestigte Taschenuhr heraus, schaute, wie spät es ist. »Was hast du da, Kumpel?« sagte einer der Uniformierten. Fjodor öffnete den Kettenverschluss und gab dem Milizionär die Uhr, sanft und willig. Der Uniformierte freute sich schon auf das hübsche

Ding. Freilich war das kein *Ding von früher* (die Uhr, die zur Kette gehörte, war während der Belagerung Leningrads doch gegen einen Katzenschenkel getauscht worden). Das war ein Geschenk eines Moskauer Freundes, dessen Vater ein Milizgeneral war. Auf dem Zifferblatt war eine Lokomotive gezeichnet und stand in Schönschrift *50 Jahre Bahnmiliz.* »Woher hast du das, Kumpel?« Er war bereits erschrocken, nicht so stark wie wir vor ihm, aber immerhin. »Von meinem Vater«, log Fjodor und nannte den Namen des Generals. Zu verlieren hatten wir nichts, stimmt. »Ach so«, sagte der Uniformierte.

Sie ließen uns frei, ohne die Papiere zu prüfen! »Genießt unsere Stadt Dzambul«, sagte ihr Oberster, »hier ist es warm und schön, hier lebt meine Mutti.« (Wir wussten, der wahre Sohn des Generals, der einst in eine ähnliche Situation geraten war, war nicht so leicht davon gekommen, war verprügelt und für einige Tage eingesperrt worden, obwohl er zum Glück kein Hasch bei sich hatte; er hätte wahrscheinlich nie den Namen seines Vaters, den er hasste, so verwendet. Deshalb war Fjodor etwas verlegen, aber doch stolz. Zu Recht: Er hatte uns gerettet.)

Gespenst des Sees

5. Jh. v. Chr. • 1453 • 1529 • 1714 • 1717 • 1787 • 1871 • 1917-1933-1934-1937-1941-1942-1943-1944-1945 • 1955 • 1973 • 1976 • 1982 • 1986 • 1987 • **1988** • 1989 • 1990 • 1991 • 1992 • 1995 • 2001 • 2002 • **2005** • **2006**

Aber Dzambul genießen – das machten wir nicht. Wir wollten die unsichere Zone der staatlichen Gewalt verlassen. Irgendwann waren wir in der Wüste um den Aralsee. Genauer gesagt: an der Stelle, wo früher (und das war nicht lange her) noch der Aralsee schwappte. Wir wollten das Ufer unbedingt erreichen, die Reste dieses Sees sehen. Chamoisfarbene Luft zitterte und bildete am Rand des Blickfeldes einen Büttenrand. In seinen Wellen sahen wir die Schiffsmasten. »Das ist eine Mirage«, sagte Fjodor, »wir müssen zurück, sonst verlaufen wir uns.« »Sie sind keine Mirage«, sagte John, der in seinem Rucksack eine Karte der Region hatte (wäre nicht die rettende Uhr gewesen, hätte diese Karte als ein Beweisstück dafür gedient, dass John ein Spion sei), »das sind Gespenster des Meeres. Nein, ich meine – wie heißt das auf Russisch? – Kadaver des Sees. Wir stehen jetzt am Seegrund, ich kann das Meersalz riechen.« Um uns herum, wo vor nicht so langer Zeit noch Fische schwammen, standen und lagen Kamele. Sie waren seltsam lebendig in dieser Fotopapier-Landschaft. Sie kauten das dornige kleinwüchsige Grün, das nicht einmal grün war. Wenn wir uns verirren, dachte ich, können wir dann diese Stacheln vorsichtig kauen, ihnen etwas Flüssigkeit abgewinnen. Ein Städtchen am Rande der Wüste schien weich vom Staub, hinter der Einzäunung der Militärzone schauten uns traurige Jungs in Uniform an, die von überall hierher gebrachten Kinder, Soldaten des Staates, der schon fast nicht mehr existierte, selbst schon fast zum Gespenst geworden war. »Scheiße«, sagte Fjodor. »Militärzone heißt Sperrgebiet.«

Auf den ledernen Kissen in Andrjuschas Wohnzimmer sitzend, wussten wir nicht mehr richtig, ob das damals Dromedare oder Trampeltiere waren. Ich glaubte zu wissen, dass sie zweihöckrig waren. Andreas meinte, es seien einhöckrige Dromedare gewesen. Und John nahm ein Taschenlexikon aus seinem Rucksack und schlug nach: die kasachischen Kamele sind Dromedare!
»Na ja«, sagte ich, »ein Petersburger Übersetzer, im Übrigen ein Idiot, pflegt zu sagen: ›Wenn ein Wörterbuch und ich verschiedener Meinungen sind, dann irrt sich das Wörterbuch.‹«
»Er kommt zurück« sagte John.
»Wer kommt zurück?« fragten Andreas und ich und blickten zur Tür.
»Der See kommt zurück, vermutlich sind dort, wo wir waren, wieder Fische und nicht Kamele«, sagte John und holte aus seinem Rucksack eine geografische Zeitung, die er eigens mitgenommen hatte, um uns mit dieser Botschaft zu erfreuen.

Oase

5. Jh. v. Chr. • 1453 • 1529 • 1714 • 1717 • 1787 • 1871 • 1917-1933-1934-1937-1941-1942-1943-1944-1945 • 1955 • 1973 • 1976 • 1982 • 1986 • 1987 • **1988** • 1989 • 1990 • 1991 • 1992 • 1995 • 2001 • 2002 • **2005** • **2006**

In der Tat stimmte uns diese Nachricht versöhnlich. Wir erinnerten uns an die anderen Stationen unserer damaligen Reise. Nachdem wir tagelang die Wüstenlandschaft vor uns hatten, hatten wir vergessen, dass es andere Farben gibt als die der alten getönten Fotos. Als wir das erste richtige Grün, nicht das ungrüne Grün der Wüste, sahen, überwältigte mich das Glücksgefühl, obwohl mir gar nicht bewusst gewesen war, dass ich das Grün vermisst hatte.

Schneemensch

5. Jh. v. Chr. • 1453 • 1529 • 1714 • 1717 • 1787 • 1871 • 1917-1933-1934-1937-1941-1942-1943-1944-1945 • 1955 • 1973 • 1976 • 1982 • 1986 • 1987 • **1988** • 1989 • 1990 • 1991 • 1992 • 1995 • 2001 • 2002 • **2005** • **2006**

In einer Bergimkerei waren wir mit dem Sohn des Eisenbahngenerals, Sascha, und mit seiner Freundin Katja verabredet. Beide hochgewachsen und langhaarig, beide mit einem bestickten Stirnband, sie in einem langen und breiten Hängerkleid, er in einer knielangen Bluse über Jeans. Hänger und Bluse, sehr kleidsam, hat Katja aus einem Sacktuch genäht. Im Winter studierten sie beide an der Moskauer Universität, im Sommer wurden sie zu Asiennomaden. Es gab damals ein seltsames Wechselspiel zwischen Freiheit und Unfreiheit. Es war durchaus möglich, sich als Aussteiger ein mehr oder weniger (je nach Glück) bequemes Leben einzurichten. Zwei Moskauer Künstlerpaare hatten hier bei einer Kolchose eine Imkerei gepachtet. Bald gehörte die Imkerei zum über das ganze Land ausgebreiteten Netz von Kontakten und Adressen, einem Gemeingut bestimmter Künstlerkreise, der Anhänger der sich ausdünnenden Hippiebewegung und aller, die in diesen Freiräumen der Unfreiheit zu sein glaubten. Katja und Sascha kamen in der Bergimkerei einen Tag vor uns an. Davor waren sie auf dem Pamir, in Tadschikistan. Es mag vielleicht unglaublich klingen, aber sie waren dort als Mitarbeiter einer Expedition auf der Suche nach einem Schneemenschen, auch Yeti genannt, in Amerika auch Bigfoot. Solche Expeditionen, erklärte uns Sascha, waren ein Relikt aus Chruschtschows Tauwetter. Kurz nachdem der erste sowjetische Sputnik in seine Umlaufbahn kam, schilderten die ersten sowjetischen Kryptozoologen (damals wussten sie wohl nicht, dass sie so hießen) der Obrigkeit, wie umwerfend es wäre, die Überlegenheit des sozialistischen Systems nicht nur mit dem ersten Sputnik, sondern auch mit dem ersten gefangen genommenen Schneemenschen zu beweisen (wie wir über das Wettrennen mit dem Westen lachten, das Chruschtschow eröffnet hatte, über seinen abgeschmackten Stil; wir wollten John nicht glauben, dass alles jenseits des Eisernen Vorhangs nicht viel anders aussah. Na ja, John, du hattest natürlich Recht. Auch gestern, als ich in meinem Hotelzimmer CNN schaute, staunte ich über die Sendung *space race* (das Weltraumrennen mit den Russen): Ein fröhlicher Sprecher erzählte vom *genius of Kennedy*, der im Flug zum Mond *a rallying point for the nation* erkannte, und dass das *a fantastic way of demonstrating to the world the value of the American way of life* war. Dieselben Worte, derselbe Stil wie bei uns damals, und das aber im Jahr 2006). Die erste Expedition war erfolglos. Zwar war die Regierung darüber enttäuscht und stoppte das Programm; doch die Wissenschaftler, die an einen Schneemenschen geglaubt hatten, konnten folkloristische Expeditionen durchsetzen, also sammelten sie Volksmärchen über den Schneemenschen. In den 80ern hatten sich diese Expeditionen sogar so etabliert, dass die Wissenschaftler, die in Tadschikistan die Bergböden untersuchen wollten, aber keine Finanzierung dafür bekamen, sich einfach mit ihren geologischen Geräten zu Schneemenschexpeditionen zusammenschlossen. Außer Wissenschaftlern gehörten zu jeder Expedition Menschen, die sich um verschiedene technische und alltägliche Angelegenheiten kümmerten. Die Freiwilligen erhielten entsprechende Papiere. Eben solche Papiere hatten Katja und Sascha, damit waren sie diesmal ziemlich geschützt vor der Miliz.

»Ich habe ihn gesehen«, sagte Katja. »Ich war draußen. Der Pfad schimmerte weißlich im Mondlicht. Die Berge wirbelten herum, als wären sie nicht fest und dicht, als wären sie brauner, unruhiger Nebel. Ich wusste nicht recht, wohin ich ging, ich war sehr, sehr unglücklich.«

Fast immer, wenn Katja etwas erzählte, sagte sie dabei, wie unglücklich sie zum Zeitpunkt des Ereignisses war. Fast alle ihre Geschichten begannen damit, dass sie und Sascha sich gestritten hatten und sie, verzweifelt und gekränkt, davonlief.

»Es war sehr kalt. Und nass. Ich stolperte und rutschte ab. Ich war in eine Grube gefallen und wusste nicht weiter und weinte einfach. Und da bewegte sich ein Felsen. Es stank. Der Felsen bewegte sich und pfiff leise, ich dachte, ich bin verrückt. Ich dachte, ich sterbe gleich. Aber da war er, der Schneemensch. ›Hab keine Angst‹, hörte ich ihn sprechen und zugleich wusste ich, dass er schwieg. Er gab mir seine große struppige Hand. Als ich wieder auf dem Pfad war, verschwand er. Kein Felsen bewegte sich.«

Sascha glaubte ihr nicht. Er erzählte uns ein paar Geschichten vom Schneemenschen, die er von den Tadschiken gehört hatte. »Die Tadschiken nennen ihn Hyl, aber blöd sind sie nicht, die Tadschiken, sie glauben nicht an ihn, sie erzählen einfach, wie man Märchen erzählt. In ihren Märchen pfeift er, bevor er erscheint, und er riecht nach einem schmutzigen Tier, er versteht alle Sprachen und kann seine Gedanken in allen Sprachen telepathisch übertragen und so weiter und so weiter und so weiter. Aber er erscheint nicht den Frauen. Er sucht sich einen Kampfgegner unter den Männern.«

Katja starrte mit ihren eigentlich hellen Augen, die schwarz zu sein schienen, weil ihre Pupillen immer vom Hasch erweitert waren, in die Berge. Die zwei Imkerpaare beachteten uns fast nicht. Sie hatten immer weniger Interesse an ihrem früheren Leben. In den Scheunen waren immer noch Staffeleien, Papier, Farben, Pinsel und Kartons aufbewahrt, im Winter wird all das sogar benutzt, sagten sie. Aber das Geplauder ihrer Gäste wurde ihnen immer lästiger. Unter sich und wenn sie jemanden vertrauenswürdig fanden (mich, wer weiß warum), sprachen sie über Bienenkrankheiten, über die Zahl der Bienenvölker in der Imkerei, über Überwinterung und Winterfutter, über Honigpreise und Honigsorten. Ihre Gastfreiheit war selbstverständlich, aber irgendwie gleichgültig, als wäre das eher Pflicht als Freude. Als hätten sie die altherkömmliche Gastfreundschaft von ihrer jetzigen Umgebung übernommen.

… Wie die Gastfreundschaft eines alten Usbeken, der uns nach einer Schlägerei mit jungen Usbeken zu sich einlud. Die Schlägerei war kurz und heftig. Wir trampten in Usbekistan, standen am Rande eines Baumwollfeldes und warteten auf ein Auto. Als drei (doppeltbesetzte) Motorräder, die an uns vorbeifuhren, plötzlich zurückrasten, sagte Fjodor: »Marina, versteck dich schnell im Gebüsch« (es gab keine Büsche, aber die Baumwolle wuchs dicht und da war auch eine Grube, in der ich mich verstecken konnte). Ich sah durch die Baumwollsträucher, dass John mit trainierter Sportlichkeit kämpfte, Andreas ungeschickt, aber tapfer mit den Fäusten herumschlug und Fjodor abseits lag, bewusstlos. Nachdem der wegen des unerklärlich verschwundenen Mädchens entstandene Zorn gestillt war, fuhren sie auf ihren Motorrädern davon. Aus dem Haus nicht weit von der Straße kam ein alter Usbeke, seine Frau behandelte die Wunden der Jungs und lud uns ein zum Abendbrot …

… Wie die Gastfreundschaft eines kirgisischen Hirten, der uns am Ufer eines schmalen Bergbachs auflas. Er fragte, wohin wir gingen, schüttelte den Kopf, lud meinen Rucksack auf seinen Esel und bot uns an, in seiner Jurte zu übernachten. Vor Hitze und Müdigkeit verlor ich das Gefühl für Maßstäbe und auch für die Grenze zwischen mir und der Landschaft. Als wir uns bergauf bewegten, waren die vom verschiedenfarbigen Grün bedeckten Abhänge, die in verschiedenen Winkeln zu Tal liefen, wie von einem Tuchhändler feilgebotene Stoffe. Als wir den Bergpass überquerten, sahen wir in der Ferne kahle Berge, die in der Sonne stellenweise geputztem und stellenweise ungeputztem Silber ähnelten. Später, als es dunkel geworden war und wir vor der Jurte saßen und die Frau des Hirten nicht glauben wollte, dass ich Vegetarierin bin (*ein Kirgise aber braucht jeden Tag ein Lamm*), schienen die Berge oben herum dunkel zu wirbeln, als wären sie aus braunem Nebel. In der Jurte stand ein großer Fernseher, weiß Gott weshalb. Sie haben das Gerät wahrscheinlich unterwegs gekauft und mitgeschleppt, an den Winter gedacht, wenn sie nach Hause kommen würden von diesen stromlosen Weiden – zu ihrer Winterhütte, wo vielleicht ein Kerosingenerator steht … Warum dann bereits ausgepackt, der Fernseher? Als Schmuck und aus Vorfreude vielleicht …

Bald wird sich in Russland nur noch der Schneemensch herumtreiben

5. Jh. v. Chr. • 1453 • 1529 • 1714 • 1717 • 1787 • 1871 • 1917-1933-1934-1937-1941-1942-1943-1944-1945 • 1955 • 1973 • 1976 • 1982 • 1986 • 1987 • 1988 • 1989 • 1990 • 1991 • 1992 • 1995 • 2001 • 2002 • **2005** • **2006**

Auf den ledernen Kissen in Andrjuschas Wohnzimmer sitzend, sprachen wir darüber, was aus allen geworden war.

Über die Völker in Mittelasien wusste John (durch seine Lexika, Zeitungen und wer weiß noch welche Quellen) Bescheid. Ich erzählte, dass das eine Imkerpaar nach Moskau zurück gegangen war, der Mann ist jetzt Programmierer, die Frau unterhält einen Naturkostladen; das zweite Imkerpaar blieb, trat zum Islam über und verschwand von der Bildfläche; Katja und Sascha leben in New York, doch getrennt, Katja arbeitet in einer Bank, Sascha lebt in einer Junkieherberge. Der Schneemensch dagegen, habe ich irgendwo gelesen, wandert nach Norden, verlässt also nach und nach die asiatischen Gebiete und lässt sich in Russland nieder.

»Na gut«, sagte John, »bald wird sich in Russland nur noch der Schneemensch herumtreiben. In der Eiswüste. Und die Russen werden – wie die Juden überall in der weiten Welt zerstreut – die große russische Kultur bewahren und Russland beweinen.«

Deutsche Kaffeemaschine

5. Jh. v. Chr. • 1453 • 1529 • 1714 • 1717 • 1787 • 1871 • 1917-**1933-1934-1937-1941-1942-1943**-1944-1945 • 1955 • 1973 • 1976 • 1982 • 1986 • 1987 • 1988 • 1989 • 1990 • 1991 • 1992 • 1995 • 2001 • 2002 • **2005** • **2006**

Als ich damals in Berlin, am Morgen nach dem Abend auf den Kissen in Andrjuschas Wohnzimmer, in seinem Bett erwachte und in der Küche das Geschirr klappern hörte, dachte ich, dass das derselbe John war, mit dem wir unseren ersten Morgenkaffee getrunken hatten, vor zwanzig Jahren in einer nicht mehr existierenden Welt, in einem nicht mehr existierenden Staat, in einer so nicht mehr existierenden Stadt, in einem ungewöhnlich verschneiten Leningrader Winter.

John saß in der Küche am Fenster, schaute aber nicht hinaus, sondern starrte die Kaffeemaschine an. »Deutsche Kaffeemaschine«, sagte John. »Bei meinen Großeltern war das lange Zeit unmöglich, unvorstellbar, ein deutsches Gerät zu kaufen. Mein Großvater war der einzige von den Seinen, der überlebte. Na ja, jetzt ist man nicht mehr so streng mit den deutschen Geräten.« John erzählte, wie er vor ein paar Jahren in Frankfurt war. »Sie haben dort eine Mauer um den alten jüdischen Friedhof und Schilder an der Mauer, mit den Namen aller Frankfurter Juden, die umgekommen sind. Kleine längliche Vierecke an der Wand, als stellte sich der verkleinerte Friedhofboden senkrecht. Ich habe meinen Großonkel nicht gefunden. Wahrscheinlich, sagte meine Mutter, weil er nach Holland emigrierte und erst aus Holland deportiert wurde.« Als John auf die Toilette ging, sagte Andreas: »Gut, ich gebe zu, das war ein Fehler. Alles war zu kompliziert, schien mir zu kompliziert zu sein. Eine Russin zu heiraten, damals.« »Du bist ein Spießer, Andrjuscha«, sagte ich. »Ja«, sagte Andreas und schüttelte nachdenklich seinen hübschen ergrauten Kopf mit der mir lieben traurigen Bewegung eines Schuhschnabels.

Wen liebst du?

5. Jh. v. Chr. • 1453 • 1529 • 1714 • 1717 • 1787 • 1871 • 1917-1933-1934-1937-1941-1942-1943-1944-1945 • 1955 • 1973 • 1976 • 1982 • 1986 • 1987 • 1988 • 1989 • 1990 • 1991 • 1992 • 1995 • 2001 • 2002 • **2005** • **2006**

Nachdem wir Kaffee getrunken hatten, brachten mich Andreas und John zum Flughafen. Es wäre falsch zu sagen: Ich saß im Flugzeug und las ein Buch. Ich saß im Flugzeug und über meinem Kopf bröckelte das Schiff, das die Zeit transportiert. Um mich vor den Zeitsplittern zu schützen, mich also von diesem Vorgang abzulenken, strengte ich meine Augen an und versuchte, auf den gut sichtbaren Straßen die unsichtbaren Autos zu erkennen. Es wäre falsch zu sagen: Die Straßen unten waren völlig leer. Genauso falsch wäre zu sagen (aus meiner Sicht): Die Straßen unten waren voller Autos. Hätte man mich vor zwei Jahrzehnten in der Nacht geweckt und gefragt: *Wen liebst du?*, hätte ich geantwortet: *Andreas. Wen sonst?* – Nach so vielen Jahren aber weißt du nicht im Voraus, an welchem Punkt sich dein Bewusstsein gerade befindet, wessen Name als erster auftaucht. So dachte ich im Flugzeug, im Halbschlaf, gekränkt wegen des vor zwanzig Jahren Geschehenen, aufs Neue und zum ersten Mal in solcher Intensität. Gleichzeitig ahnte ich, dass ich falsch dachte. Ich wusste: Andreas.

Wieder in Petersburg, fand ich eine E-Mail von Andreas. Mit meiner Antwort habe ich eine lange Woche gewartet. Nicht, dass ich nicht wusste, was ich schreiben sollte. Und schon gar nicht, dass ich Andreas warten lassen wollte. Nein: Solange seine E-Mail unbeantwortet blieb, war sie mein Eigentum. Wer weiß, dachte ich, wie es weiter geht. Ich wusste, dass alles wieder zu einem Nichts verdampfen könnte. Ich wollte diese Zeit verlängern. Die Zeit eines idiotischen Lächelns des Verliebtseins.

Eine Scharade

5. Jh. v. Chr. • 1453 • 1529 • 1714 • 1717 • 1787 • 1871 • 1917-1933-1934-1937-1941-1942-1943-1944-1945 • 1955 • 1973 • 1976 • 1982 • 1986 • 1987 • 1988 • 1989 • 1990 • 1991 • 1992 • 1995 • 2001 • 2002 • 2005 • **2006**

Der Schauspieler hat inzwischen sein Foto signiert (in einem Abenteuerroman schreibt man: All das ging ihr durch den Kopf in den wenigen Sekunden, die Fred brauchte, um einen Whiskey zu kippen). Es wäre falsch zu sagen: Wir gehen weiter über den gestreiften Hof zum Haus. Jeder Schritt bleibt zwischen den Stäben des länglichen Licht-Schatten-Spiels stehen. Wer weiter kommt, ist nicht derselbe, nicht der, der er einen Schritt zuvor war.

Eine Scharade:
Mein erster Teil ist im Garten und denkt über Andreas nach.
Mein zweiter Teil ist in der Hofmitte und denkt über Andreas nach.
Mein dritter Teil ist vor dem Haus und denkt über Andreas nach.
Eine Scharade ohne Lösung.
Mein Ganzes fragt sich, wie ich so lange, fast fünfzehn Jahre, gelebt habe, ohne (oder doch nur selten) an Andreas zu denken.

Beschleuniger der Zeit

5. Jh. v. Chr. • 1453 • 1529 • 1714 • 1717 • 1787 • 1871 • 1917-1933-1934-1937-1941-1942-1943-1944-1945 • 1955 • 1973 • 1976 • 1982 • 1986 • 1987 • 1988 • 1989 • 1990 • 1991 • 1992 • 1995 • 2001 • 2002 • 2005 • **2006**

Vor dem Haus gehen Studentinnen des Haussohnes, der Kunstgeschichte lehrt, mit Sektgläsern (die Gläser haben Gänsehaut) langsam hin und her.

Wir schließen uns der Gesellschaft an. Noch ziemlich aufgeregt und zugleich ermattet, wie ich immer nach einem Vortrag bin, ertappe ich mich dabei, ein Gesellschaftsspiel vorzuschlagen. Das Spiel – *Beschleuniger der Zeit* – hat Daniil Charms erfunden: Man nimmt seinem Neffen einen mit Edelgas gefüllten Luftballon weg, der einen Teil seines Gases schon verloren hat, schon schlapp geworden ist, schon nicht mehr nach oben strebt, sondern in der Luft steht und eine gewisse Neigung zum Niedersinken aufweist. Man stellt sich vor, das sei eine hölzerne Kugel. Man ist ruhig, man liest, trinkt Tee, schaut aus dem Fenster, telefoniert – und all das innerhalb dieser einzelnen Sekunde, die diese hölzerne Kugel nach unten bringt (die sie nach unten gebracht hätte, wäre sie tatsächlich aus Holz), dieser dank des Charms'schen Drehs ausgedehnten Sekunde. So badet man in der Zeit, bekommt tausendfach mehr von dieser kostbaren Substanz. Nur würde ich das Spiel *Verlangsamer der Zeit* nennen. Die Konditorei, die für unseren Abendtee *petits fours* geliefert hat, feiert Jubiläum, an jedem Karton ist ein weißer Luftballon befestigt mit der zitternden Ziffer *50* und vielen ebenso rosafarbenen Herzchen. Die Luftballons streben zum Himmel, nur nicht mehr so energisch. Noch eine Stunde vielleicht, und sie würden genau zum Spiel passen. Allerdings habe ich die Mädchen für das Spiel nicht begeistern können. Sie haben mich nur wohlwollend angeschaut und verlegen gelächelt.

Die abendliche Philosophinnenschule

5. Jh. v. Chr. • 1453 • 1529 • 1714 • 1717 • 1787 • 1871 • 1917-1933-1934-1937-1941-1942-1943-1944-1945 • 1955 • 1973 • 1976 • 1982 • 1986 • 1987 • 1988 • 1989 • 1990 • 1991 • 1992 • 1995 • 2001 • 2002 • 2005 • **2006**

Die Mädchen unterhalten sich weiter. Ich versuche mich in der Wirrnis eines Gesprächs zu orientieren, das seine Spannkraft bereits etwas verloren hat.

Brigitte, ein Mädchen in einem erdbraunen Kleid und einem himmelblauen Seidenschal, sie wendet ihrer jeweiligen Gesprächspartnerin den Kopf zu, ohne die Schulter in diese Richtung zu bewegen: *Man sagt, die Hormone seien verantwortlich. Quatsch. Die Liebe kommt, ihr folgen die Hormone. Die Liebe geht und nimmt sie mit. Wohin sie aber jedes Mal geht, wieso sie gehen muss …*

Françoise, ein schwarzes Mädchen, schön wie die südliche Nacht, in hellgrünem Kleid mit rundem Ausschnitt und schmalem, flachliegendem Kragen, unter dem hübschen weißen Hut schaut ihr geringeltes Haar hervor: *Wenn sich ein Mann an eine Affäre erinnert, sagt er: »Wie habe ich sie geliebt!« Und eine Frau sagt: »Wie er mich geliebt hat!«*

Susa, ein rothaariges Mädchen, der Matrosenkragen eines fliederfarbenen Kleides um einen schlanken langen Hals, wenn sie spricht, hebt sie ihre Hand mit dem gestreckten Zeigefinger nach oben, wie eine Schülerin, die sich zu Wort meldet, der breite Ärmel fällt und deckt den Arm bis zum Ellenbogen auf, der rote Schal rutscht von ihren Schultern: *schweigt.*

Nachdem der Schauspieler zum Hausherrn, seinem alten Freund, Susa dabei lächelnd anschauend, sagte: »Siehst du, ich bin verloren, ich habe mich in eine verheiratete Frau verliebt«, ist sie, zwar kaum merklich, angespannt, hat eine besondere Stille in sich, die die jungen Frauen haben, wenn ein gutaussehender und weltlich erfahrener Mann sie in den Kreis seiner Aufmerksamkeit schließt (aber nicht nur ein solches Verhältnis erzeugt diese Stille: seit einem Jahr beobachte ich etwas Ähnliches in mir, wenn ich Andreas sehe oder mit ihm telefoniere).

Brigitte: *Wie der Schwanz einer Eidechse bleiben alle Erklärungen in den Fingern der Wissenschaft. Die wirklichen Ursachen entwischen ihr wie die Eidechse.*

Carmen, ein Mädchen in einem kurzen hellblauen Trägerkleid mit nur einem Träger: *Der Geschlechterkampf wurde von den Frauen gewonnen. Die humanistische Tradition verlangt, auf der Seite der Schwächeren zu sein. Ich habe ziemlich Mitleid mit den Männern.*

Zwischen Susa und dem Schauspieler schwebt so etwas wie der vergebliche Geruch des Mottenglücks in der Mottenfalle. So eine Pheromonfalle in der Form eines Dreieckshäuschens sehe ich durch das Fenster einladend in der Küche hängen. Sie ist wohl neu, nur vier oder fünf Tierchen kleben dran, das eine flattert noch. Sterben sie im Glück, von diesem Geruch betäubt?

Carmen setzt ihre Überlegungen zum Geschlechterkampf fort: *Alles, was in den letzten Jahrzehnten passierte, war zugunsten der Frauen. Eine junge Frau braucht nicht mehr zu heiraten, um in der Gesellschaft etwas zu gelten; ein unverheirateter Mann ist doch ein komischer Kauz. Eine alte Frau mit einem regen Sexualleben gilt als vital und souverän, über einen alten Mann heißt es, er sei unwürdig, wie lange will er es noch treiben und überhaupt.*

Françoise sagt, sie habe wegen ihrer Diplomarbeit (mit dem Thema »Die Entwicklung des Motivs ›Susanna im Bade‹ in der europäischen Malerei«) viel über Alterssexualität nachgedacht: *Man darf sie nicht separat betrachten. Mit dem Alter verfeinert sich die Empfindlichkeit insgesamt. Während die fünf Sinne nachlassen, wird die innere Fähigkeit, sie zu empfinden, also die psychische Entsprechung der physischen Gefühle, viel stärker. Eine sonderbare Verteilung der grauen, schwarzen und braunen Farben im Gefieder eines Spatzes, der Geruch des von der Sonne erwärmten Grases, die Grillen in der Nacht, guter Wein, weiche Pantoffeln – all das wird erst ab einem gewissen Alter als Glück betrachtet. So steigert sich auch der Sinn für Erotik. Wenn du jung bist (aber schon kein Kind mehr), was soll dir z. B. eine Landschaft angesichts gesellschaftlicher, sozialer oder finanzieller Probleme, und Erotik ist der natürliche Hintergrund des Lebens. Ich habe gleich den Rosenstrauch bewundert, mit so einer Rührung, dass ich an meine Großmutter denken musste, wie sie das in ihrem Garten tut: na ja, auch ich werde langsam alt.*

Dem Schauspieler gefällt das Thema überhaupt nicht, aber wir werden sowieso schon zum Abendessen gerufen.

IV

Geburt einer Tänzerin

5. Jh. v. Chr. • 1453 • 1529 • 1714 • 1717 • 1787 • 1871 • 1917-1933-1934-1937-1941-1942-1943-1944-1945 • 1955 • 1973 • 1976 • 1982 • 1986 • 1987 • 1988 • 1989 • 1990 • 1991 • 1992 • 1995 • 2001 • 2002 • 2005 • **2006**

Geburt einer Tänzerin

1.
Matilda Haritonowna lag im Sterben.

2.
Das Ambiente und wer da um ihr Sterbebett stand, war ihr schon egal.

3.
Nein, nicht ihr egal, das war nun schon wirklich egal.

4.
Sie wusste nur, dass der durchsichtig schimmernde Falter, der auf ihrer Nase gelandet war, auf ihre Entscheidung wartete, wer sie sein wolle im nächsten Leben.

5.
Eine Tänzerin, dachte Matilda Haritonowna.

6.
Dann fiel ihr ein, eine Tänzerin, das bedeutet ungeheuer viel Mühe, Anstrengung, Disziplin, dazu vielleicht auch stets Hunger.

7.
Sonst wird aus dir eine schlechte Tänzerin.

8.
Aber sie stellte sich vor, wie sie sich gertenschlank geschmeidig dreht und biegt, und den feinen Rist ihres Fußes und den ihrer Hand (sie wusste noch, wie schwer und groß und ungelenk ihr Körper gewesen war).

9.
Doch, eine Tänzerin.

10.
Auf einmal verstand sie, dass sie jetzt die Möglichkeit hätte, noch anderes zu bestimmen, die Wahl, wo sie leben würde, ob sie reich sein würde, in welche Familie hineingeboren, eine Brahmanenfamilie, zum Beispiel. Eine Hutmacherfamilie, oh nein. Welchem Volk angehören.

11.
Doch sie sah nur die biegsame Taille, den feinen Rist des Fußes und den der Hand, und das allein wars.

12.
Der Falter, er war wohl eher eine Libelle, flog auf.

13.
Komm schon, Grietje, schrei endlich, hörte sie und vergaß alles, was davor war.

14.
...

Als Fjodor das vor zehn Jahren geschrieben hatte, fragte er mich, ob am Schluss besser stehen sollte: »Komm schon, Margarethe.« »Warum?« fragte ich. Er schaute mich an wie eine Neugeborene und erklärte: Es wäre dann einfacher mitzubekommen, dass die Tänzerin Mata Hari ist. Denn wenn schon jemand wüsste, dass ihr bürgerlicher Name *Margaretha Geertruida Zell* war, dann wäre Margarethe doch günstiger als der Kosename Grietje. »Oh, Fjodor«, sagte ich, »lass es. Niemand wird das verstehen, so oder so.«

Nun schaue ich mich um, das Publikum hört wohlwollend zu. Aber ob jemand auf Mata Hari kommt? *Na ja*, denkt das Publikum, *die Russen mit ihrer Schwermut.*

Deutsche Trikolore

5. Jh. v. Chr. • 1453 • 1529 • 1714 • 1717 • 1787 • 1871 • 1917-1933-1934-1937-1941-1942-1943-1944-1945 • 1955 • 1973 • 1976 • 1982 • 1986 • 1987 • 1988 • 1989 • 1990 • 1991 • 1992 • 1995 • 2001 • 2002 • 2005 • **2006**

Nach dem Mittagessen folgte ich den gewundenen Straßen des Städtchens auf der Suche nach einem Internetcafé. Die Fußballweltmeisterschaft machte es sich sogar an diesem entlegenen Ort bequem: Die deutschen Farben überall und die dreifache, um nicht zu sagen *dreifaltige* Höflichkeit aller, die meinen Akzent hörten. Bildschirme über den Stühlen und Tischen der Straßencafés: Fenster in das Grün der Felder und das Bunt der Tribünen, surrende und sirrende Fenster, die dann und wann fröhlich oder enttäuscht aufschrien.

Statt eines Internetcafés begegneten mir die Teilnehmer des Festivals, die nicht wussten, wo ein Internetcafé sein könnte, und es nicht vermissten.

Laura saß mit einer aufgeschlagenen Zeitung unter der Markise eines Gartenlokals, die Markise immer noch altväterlich blau-weiß gestreift, die Tische aber bereits von schwarz-rot-goldenen Tüchern bedeckt, und schimpfte auf die Bachmannpreisjury. Die glänzenden schwarzen Strähnen ihres Haars und die matten, scheckigen Zeitungsseiten spielten im Wind miteinander.

Manfred lud mich in eine Eisdiele ein, hinter der Gebäcktheke schwarz-rot-goldene »Amerikaner«, und schimpfte auf Putin. Manfred pflegt mich nach jedem Fernsehbericht über Russland anzurufen. Wenn meine Mutter seine Stimme auf dem

Anrufbeantworter hört, sagt sie erschrocken: *Oh Gott, was haben die Unsrigen wieder angestellt?!*

Fjodor schimpfte auf Andreas, dass er nicht aus Berlin gekommen war. Fjodor, ohnehin gereizt, dachte, dass niemand zu seiner Lesung kommen würde, nicht einmal vier strickende Frauen. »Welche Idioten«, sagte er beim Frühstück, »haben sich das ausgedacht, ausgerechnet während der Fußballweltmeisterschaft das Festival zu veranstalten.« Die Idioten waren da und lächelten verlegen, nur Manfred sagte, heute Abend gebe es kein wichtiges Spiel.

Blaues Glas zeigt die Gegenstände im traurigen Licht

5. Jh. v. Chr. • 1453 • 1529 • 1714 • 1717 • 1787 • 1871 • 1917-1933-1934-1937-1941-1942-1943-1944-1945 • 1955 • 1973 • 1976 • 1982 • 1986 • 1987 • 1988 • 1989 • 1990 • 1991 • 1992 • 1995 • 2001 • 2002 • 2005 • **2006**

Gregor, ein Künstler aus Berlin, schimpfte über die schlechte Beleuchtung des Ausstellungsraums. »Willst du es sehen? Kommst du mit?« Gregor wollte sich auf die Eröffnung einstimmen. Ich kam mit, weil ich am Abend nicht zur Eröffnung konnte. Als Gregor sich dann verabschiedet hatte, weil er noch ein paar Stunden schlafen wollte, blieb ich für eine Weile, versuchte Andreas anzurufen, den ich seit gestern nicht erreichen konnte. Den ich auch jetzt nicht erreichen konnte. Eine Journalistin kam, die für eine lokale Zeitung von der Ausstellung berichten sollte, am Abend aber andere Termine hatte. »Kein Problem«, sagte ich, »ich kann Ihnen den Raum zeigen.« Sie sah die weißen umrahmten Vierecke und fragte, ob ich sie in der Tat zum Ausstellungsraum führe. »Wir sind schon da«, sagte ich. Und wo seien die Gemälde, wollte sie wissen. Ich erzählte ihr von Gregors Verfahren. Es brauche viel Arbeit und Konzentration, die Farben so auf die Leinwand zu legen, dass sie sich schließlich gegenseitig eliminieren. Nein, nicht eliminieren, sie werden zu einem grau schimmernden Weiß, nein, wenn man genau hinschaut, sieht man Farben, mal grün, mal blau, mal rostig, aber kaum wahrnehmbar, schimmernd. So entblößt, nein, so befreit sich der Kern der Farbe, sagt Gregor. Seine Farbenlehre, seine Farbphilosophie, und was bei Goethe falsch und was richtig sei, das ersparte ich der Journalistin, die den ihr unbekannten Gregor ohnehin schon wegen ihres Fauxpas zu hassen begann. Sie las den Titel eines der Gemälde laut: BLAUES GLAS ZEIGT DIE GEGENSTÄNDE IM TRAURIGEN

LICHT, dann ging sie. Von genau diesem Gemälde hatte ich Gregor, als er noch da war und mir die Bilder zeigte, gesagt, die Farbe sei bleu nattier. »Bitte?«, sagte Gregor.

Bleu nattier

5. Jh. v. Chr. • 1453 • 1529 • 1714 • **1717** • 1787 • 1871 • 1917-1933-1934-1937-1941-1942-1943-1944-1945 • 1955 • 1973 • 1976 • 1982 • 1986 • **1987** • 1988 • 1989 • 1990 • 1991 • 1992 • 1995 • 2001 • 2002 • 2005 • **2006**

Als Thérèse, die französische Freundin von Pawel und Antonia, zehn Jahre alt war, hat ihre Tante ihr zum Geburtstag ein Kleid genäht. *Diese Farbe heißt bleu nattier,* sagte die Tante. *Dieses Blau wird zu deinem hellen Haar sehr gut passen.* Thérèse wollte wissen, was das Wort *nattier* bedeutet. *Sage ich doch,* sagte die Tante, *das ist so eine Farbe*! Thérèse erzählte das, als sie, Andreas, John und ich in der Eremitage vor den Gemälden von Jean-Marc Nattier standen. Peter I. wollte den Maler, als er ihn 1717 in Amsterdam getroffen hatte, nach Petersburg holen. Jean-Marc aber malte je ein Porträt des Zaren und der Zarin Katharina I. und ging zurück nach Paris. Die Farbe, der Nattier seinen Namen schenkte, war in der Eremitage jedoch nur im Bildnis des Fürsten Kurakin zu sehen. »Meine Tante ist eine einfache Frau, sie hatte keine Ahnung«, sagte Thérèse.

Natürlich wusste Gregor das nicht. Niemand außer den Franzosen kennt diese Farbe zwischen Vergissmeinnichtblau und Blau Royal. Außer mir, Andreas und John. Und Fjodor, dem ich das erzählt habe. Und nun auch Gregor. Wäre Jean-Marc der Einladung des Zaren gefolgt, dann hätte das eine russische Farbbezeichnung werden können. Nattier hatte zwar ein langes, erfülltes Leben, doch gegen Ende dieses Lebens änderte sich die Mode der Porträtmalerei, und er starb in Paris vergessen und verarmt.

Wie es uns auch an Schatten erinnert

5. Jh. v. Chr. • 1453 • 1529 • 1714 • 1717 • 1787 • 1871 • 1917-1933-1934-1937-1941-1942-1943-1944-1945 • 1955 • 1973 • 1976 • 1982 • 1986 • 1987 • 1988 • 1989 • 1990 • 1991 • 1992 • 1995 • 2001 • 2002 • 2005 • **2006**

Die meisten Bilder Gregors sind diesmal in Blautönen gehalten:

Royalblau
Smalte
Taubenblau
Indigo
Azurit
Preußischblau
Türkis
Ultramarin
Kobalt
Bleu nattier

– so habe ich sie genannt, ohne Gregor zu fragen.

Das Bild, das ich als Labradorblau bezeichnen würde, heißt WELCHER SONDERBARE ZUSAMMENHANG.

Wo ich Delftblau zu erkennen glaube, ist die Unterschrift JE TIEFER DAS BLAU WIRD, DESTO MEHR RUFT ES DEN MENSCHEN IN DAS UNENDLICHE.

Das mir allein wegen seines Namens schon liebe Lapislazuli betitelt Gregor DIE HIMMELSFARBE, DAS BLAU, HAB' ICH LIEB SEIT ICH KLEIN WAR, SEIT MEINER KINDHEIT BEDEUTET ES MIR DAS BLAU DER ANDEREN WELTEN.

Ein Bild, das eher gelbe Töne aufweist, heißt ICH GEHE IN EIN ANDERES BLAU – »Warum?« fragte ich. Gregor schlug den Katalog auf und zeigte mir den Text unter der Abbildung dieses Gemäldes: »Niemand kann behaupten, dass die Farben so sind, wie man sie sieht. Niemand kann beweisen, dass diese Farbe nicht das wirkliche Blau ist.«

Farben sind einsam – so spricht Gregor.

Und wenn wir bedenken, dass es sie ohne das wahrnehmende Auge gar nicht gibt, dann sehen wir, dass sie noch einsamer sind als Menschen – so spricht Gregor.

Aber uns Menschen gibt es vielleicht, ohne dass uns jemand wahrnimmt, auch nicht. Vielleicht sind wir auch nur Lichtstrahlen, insofern sichtbar, als wir durch Kontakt (nein, nicht mit unseresgleichen. Mit dem wahrnehmenden Auge, das wir nicht spüren) gebrochen und gestreut werden. So spricht Gregor.

Das letzte Bild ist nur ein umrahmtes Wachspapier-Viereck und heißt: WIE ES UNS AUCH AN SCHATTEN ERINNERT.

Handlesen

5. Jh. v. Chr. • 1453 • 1529 • 1714 • 1717 • 1787 • 1871 • 1917-1933-1934-1937-1941-1942-1943-1944-1945 • 1955 • 1973 • 1976 • 1982 • 1986 • 1987 • 1988 • 1989 • 1990 • 1991 • 1992 • 1995 • 2001 • 2002 • **2005** • **2006**

Gregor fasziniert mich, wie mich alle Menschen faszinieren, die leicht schlafwandlerisch und nicht ganz nachvollziehbar reden. Ich habe ihn vor einem Jahr kennengelernt, in Berlin. Ich sollte ihm Kataloge eines Petersburger Künstlers, Sergej, bringen, weil die beiden eine gemeinsame Ausstellung vorbereiteten. Andreas kam mit. Wegen Andreas, wegen des unklaren (oder zu klaren) Standes der Dinge, war ich mit meinen Gedanken abwesend; ich konnte den leibhaftigen Andreas nicht wahrnehmen, weil ich nachdenken wollte über Andreas als Idee.

Wir saßen zu dritt in der »Joseph Roth Diele« in der Potsdamer Straße. Ich nahm eins von Joseph Roths Büchern aus dem Regal und blätterte darin. Ich las vor: »… Sogar Papageien überleben uns.« »Oder auch nicht«, sagte Andreas, »sie können hundert Jahre alt werden und nicht dreihundert, wie ich früher weiß Gott warum dachte.«

»Übrigens«, sagte Gregor und fing an, nervös in seinen Taschen zu wühlen. »Wo habe ich das, wo habe ich das, o Scheiße, wo habe ich das«, murmelte er besorgt. »Hier! So, ich war mit meiner Tochter auf dem Rummel, da stand so ein Orakel, das aus der Hand las. Du tust deine Hand in eine Öffnung und bekommst dann so eine Wahrsagung. Ja, du wirfst eine Münze und der Automat spuckt das aus. Quatsch natürlich, aber hier steht, dass ich nicht mehr lange leben werde.« Andreas schaute mich an mit dem Ausdruck, den ich so gut kannte: *Immer hast du Verrückte um dich herum* (dabei war der Erste in der Reihe »meiner« Verrückten Sergej, von dem ich nun die Kataloge für Gregor hatte. Na ja. Oder er war der Zweite, je nachdem, ob man Dichter Fjodor als normal definiert oder nicht. Oh je).

»Hast du das noch einmal probiert?« fragte ich. Hat er nicht. Er wisse selber, dass er dann eine völlig andere Wahrsagung bekommen würde, möglicherweise. Wahrscheinlich. Höchstwahrscheinlich. Er wisse ja selbst, dass das alles nichts ist, und doch …

»Zeig mir deine Hand!« – Mit dem Staunen aller Frauen über die Ignoranz der Männer in den Dingen des Alltags konnte ich nicht glauben, dass er in der Tat nicht einmal über drei oder vier Handlinien Bescheid wusste. Gregors Handteller lag vor mir im bräunlichen Licht der Joseph Roth Diele, das antiquarisch erschien, als hätte man die geräucherte und von Kaffeedünsten getränkte Luft des alten Wien in Plastiktüten hierher gebracht und über den Schachbrettboden gestreut, kakanische Luft, wie sie in der Literatur beschrieben wurde, wer weiß, wie und ob sie tatsächlich so war. Das hier ist vielleicht nicht kakanisch, das ist das *Berliner Licht der 20er-Jahre*, und was wirst du tun, um es nicht »braun« zu nennen, wenn es braun ist? »Kaffeefarben«? Ich sah die Lebenslinie und zeigte sie ihrem Besitzer: »Sie ist lang und tief, siehst du, das soll ein langes Leben bedeuten.« Gregor hörte meinen Worten gerne zu. »Aber das bedeutet wieder nichts, das ist nur Aberglaube«, sagte ich, nicht, um ihm wieder Angst einzuflößen, sondern weil Andreas ziemlich ironisch schaute; und Andreas war in diesem Moment die einzige Person, die mich wirklich interessierte, die einzige Person überhaupt. Um Gregor das eben erlangte Wissen über die Lebenslinie nicht vergessen zu lassen, zeigte ich ihm noch meine Hand (so wie ich meinen Studenten eine zusätzliche Übung gebe): »Siehst du, bei mir hört sie hier auf und fängt da wieder an.« Er ahnte, dass diese Unterbrechung der Lebenslinie nichts Gutes (ver)heißen kann und versuchte mich (auf seine Art) zu beruhigen: »Wie ein Fluss, der zwischendurch unterirdisch fließt und sich dann wieder zeigt.« »Aber du weißt ja«, sagte ich, »sogar Papageien überleben uns.« Andreas hielt das nicht mehr aus, bezahlte an der Theke für uns drei, drückte Gregor warmherzig die Hand, klopfte ihm herzhaft auf die Schulter, und wir gingen.

So wurde von meinem Handteller nicht mehr gesprochen.

Ich hätte Andreas sagen können: *Das ist wie mit uns. Und weißt du, diese Unterbrechung meiner Lebenslinie kann sogar tatsächlich das bedeuten – ich meine, dass du mich damals verlassen hast und nun nicht in Ruhe lässt.* Statt dessen sagte ich: »Und Rotkehlchen leben nur ein Jahr, durchschnittlich. Sagt man. Ich habe das gelesen.«

Die E-Mail, die ich vor einem Jahr fand, als ich wieder zu Hause war

5. Jh. v. Chr. • 1453 • 1529 • 1714 • 1717 • 1787 • 1871 • 1917-1933-1934-1937-1941-1942-1943-1944-1945 • 1955 • 1973 • 1976 • 1982 • **1986** • 1987 • 1988 • 1989 • 1990 • 1991 • 1992 • 1995 • 2001 • 2002 • **2005** • **2006**

»… ich bin wohl alt und sentimental geworden …« schrieb Andreas »… erinnerst du dich noch an unseren ersten abend? weißt du noch, wie das war? … und vielen dank für Ihre aufmerksamkeit, sagtest du, du standest so, dass hinter dir die frontscheibe im zweitakt mal von den perlenden wasserströmen beleuchtet wurde, mal – wenn die wischer sie davonjagten – wieder erlosch. als ich – als letzter – aus dem bus ausstieg, unterbrachst du abrupt deine unterhaltung mit dem fahrer und stiegst auch aus …«

Eine Stadt voller Seltsamkeiten

(Zwei Propheten)

5. Jh. v. Chr. • 1453 • 1529 • 1714 • 1717 • 1787 • 1871 • 1917-1933-1934-1937-1941-1942-1943-1944-1945 • 1955 • 1973 • 1976 • 1982 • **1986** • 1987 • 1988 • 1989 • 1990 • 1991 • 1992 • 1995 • 2001 • 2002 • 2005 • **2006**

Es war so, dass wir als Sprachpraktikum eine Stadtführung für die *Intouristen*, die ausländischen (je nach studierter Sprache, in meinem Fall die deutschen) Touristen, machen durften – und mussten. Nicht jeder bekam Westdeutsche. *Die aus »Bundes«*, sagte man damals. *Ist deine Tasche aus »Bundes«?*, fragten mich alle über eine Schultertasche, die meine Tante Rita mir aus alten Regenjacken zusammengenäht hatte: aus einer Schwarzen, einer Roten, und einer Gelben. Sie hatte nicht daran gedacht, dass sie auf diese Weise den deutschen Dreifarb (wie die deutschen Patrioten im 19. Jahrhundert ihre frischgenähte Trikolore nannten) nachahmte, so wie für Thérèses Tante kein *Jean-Marc* mit Bleu *Nattier* verbunden war. In jener Zeit konnte man so eine Tasche in Deutschland kaum finden, hat mir Andreas erklärt und wegen der Frage, die er mitgehört hatte, gelacht. Er konnte sich an einige alte Demosprüche erinnern, wie »Schwarz, Rot, Gold – nie gewollt«. Ein Student aus der DDR sagte zu dieser Reihenfolge »Tod, Blut, Geld«. Damals, vor zwanzig Jahren, dachte ich, dass er damit die DDR-Fahne meinte, ähnlich wie alles Sowjetische bei uns verpönt war. Nun glaube ich, er meinte die der Bundesrepublik (und halte es nach wie vor für kaum möglich, dass er beide zugleich meinen konnte). Die meisten, die ein Sprachpraktikum als Stadtführer machten, hatten mit *Demokraten* vorliebzunehmen. So gesehen (selbst davon abgesehen, dass ich auf diese Weise Andreas kennenlernte) hatte ich Glück, etwas Neues erfahren zu dürfen. »Vielen Dank für Ihre Aufmerksamkeit«, sagte ich in die Dunkelheit des Intourist-Busses, der zu einem surrenden Rohr wurde, die verschwommene Straßenbeleuchtung im Hintergrund. Andreas stieg als letzter aus. Dann ich.

Es stellte sich heraus, dass er kein Tourist, sondern ein Austauschstudent war, dass sein Onkel mit einer Reisegruppe in die Stadt gekommen war (Onkel Peter, ein lebensfroher Privatbankier aus Frankfurt, der mir – Jahre später, als ich einmal bei einer Ausstellungseröffnung in der Schirn dolmetschte – sagte, sein Neffe sei ein Depp, sich von so einer Frau zu trennen. Er lud mich zu der damals in Frankfurt stationierten Wehrmacht-Ausstellung ein; wir gingen im runden Inneren der runden Paulskirche und er wiederholte und wiederholte, wie froh er sei, dass er knapp zu jung war für diesen Krieg). Dieser, inzwischen verstorbene, Onkel Peter nahm seinen Neffen zur Busführung mit. Nach der Führung verschwand er wortlos, als er Andreas mit der hübschen Reiseführerin sprechen sah (hat er mir viel, viel später erklärt, doch ich weiß nicht, Onkel Peter, ob das in der Tat eine Wohltat war). Andreas sagte, er müsse ins Studentenwohnheim. Wir gingen in die dunkle Stadt, die mit vom Regen verwischten Laternenkugeln sparsam beleuchtet wurde. Sie leuchtete auch ein wenig von selbst, eine unerklärliche Eigenschaft dieser Stadt, die ihr genau so eigen ist wie die nasse Kälte, als wäre es diese Kälte, die das unsichere und quellenlose Licht verströmt. Es kam mir nicht in den Sinn, zu dieser Zeit in dieser Stadt ein Café aufzusuchen. Nicht, dass das unmöglich gewesen wäre, aber Abendlokale waren selten. Sie waren teuer, waren nicht ohne weiteres zugänglich, man musste gewisse Beziehungen haben oder vor der Tür in den grauen Menschenschlangen frieren; sie waren nicht für unsereins. Für meine Studenten sind sie eine Selbstverständlichkeit. Für jeden Geschmack und für fast jede

Geldbörse leuchten sie in allen Gassen, Straßen, Ecken und an allen Flüssen und Flüsschen, das quellenlose Petersburger Eigenlicht kaschierend.

Trotzdem schweben hier immer noch kurze Leuchtfädchen, von nirgendwo kommend. Sonst hat sich die Welt inzwischen so verändert, dass ich mich manchmal frage:

- Wie wäre es uns ergangen, hätte es vor 20 Jahren bereits das Internet gegeben, was bedeutet hätte, dass Andreas und ich jeden Tag beliebig viele Nachrichten hätten austauschen können?

- Oder wie wäre es gegangen, wenn die Sowjetmacht ein paar Jahre früher aufgehört hätte zu sein?

Die Welt hat ihre alten Farben abgelegt und sich mit neuen geschmückt:

- In Deutschland – deutsche Farben überall und die Schultertaschen wie von meiner Tante Rita genäht.

- In Russland – die Trikolore Peters I. Das Blutrot der sowjetischen Fahne ist Geschichte geworden und schreckt meine Studenten nicht ab. Man wäre bei den Kommunisten wenigstens sozial gesichert gewesen, meinen die einen. Die anderen meinen gar nichts und können mit meinen Geschichten über jene Zeit und mit all den Geschichten ihrer Eltern nicht viel anfangen; wessen Großvater war Opfer, wessen Henker und wessen beides – sie wissen es nicht. Sie sind gute Kinder und leben ein viel normaleres, bürgerlicheres Leben als wir es hatten, je nach finanziellen Möglichkeiten und Interessen.

Und wir damals?

Wir hatten eine Stadt voller Seltsamkeiten (war meine Umgebung für Andreas zu exzentrisch gewesen?). An unserem ersten Abend schwebte die Stadt um uns, als wären wir in einem langsamen Gasballon. Das schwebende Medium der Leningrader Straßen verdichtete sich zur Gestalt des Dichters Fjodor. Ich erkannte ihn von ferne an seiner Kleidung: Er hatte einen langen Regenmantel an, den sein Großvater vor Jahrzehnten als unbrauchbar in eine Rumpelkammer gesteckt hatte, dazu eine Dohle unbekannter Herkunft, wahrscheinlich aus der Requisitenkammer der Leningrader Filmstudios, wo er gelegentlich als Komparse ein Zubrot verdiente. Unter seinem eigentlich altersgrauen Regenschirm, der, vom Regen verjüngt, wieder wie eine Turmkrähe glänzte, bewegte er sich, als sei er selber eine Episode aus einem alten Schwarzweißfilm. Nun war er zu Sergej unterwegs, einem, wie er uns erklärte, Underground-Zeichner, -Maler und -Mystiker. Er nahm uns mit. Wir erklommen die steile, schmale Treppe, die nach Katzenpisse roch (*Oh Gott*, dachte ich, *was wird nun der aus dem Westen denken*). Sergejs Atelier sei im siebten Stock, sagte Fjodor, doch das war schon der Dachboden, *eine Mansarde*, das Wort klang schick. Alle Möbel waren aus leeren hölzernen Weinkisten gebastelt worden. Fjodor griff in zwei Außentaschen und zwei Brusttaschen seines Mantels und stellte auf eine der Kisten vier Flaschen bulgarischen Wein, *Cabernet* genannt, sehr billig und im Unterschied zu allen anderen alkoholischen Getränken immer im Angebot. Freilich wurde er wegen seiner Erschwinglichkeit und Verfügbarkeit verachtet. Das Volk – je nach Anlass, Geld und sozialen Ansprüchen – wollte

• Wodka,
• Weinbrand,

- Sekt (»Sowjetchampagner«, der Exportname: »Krim-Sekt«),
- Liköre,
- gespritete Weine, die *Portwein* und *Vermuth* hießen, in den südrussischen und moldauischen Fabriken aus Man-wollte-lieber-nicht-wissen-aus-was gemacht,
- und noch schlimmeres Zeug.
- Von den trockenen Weinen galten nur die georgischen als annehmbar und sogar begehrt, wahrscheinlich war ihr hoher Ruf ein Überbleibsel der Stalin-Zeit, der Tyrann hatte dem Volk seinen Geschmack aufgebürdet.

Fjodor war ein belesener Junge und bestand darauf, dass *Cabernet* eine edle französische Weinrebe und alles andere für Proleten bestimmt sei. Und er war ein Prophet: Heute sind alle trockenen Weine ein Zeichen besseren Lebens, und nicht des schlechteren, wie damals.

Aber der bulgarische *Cabernet*, obwohl nun mit Prädikat *Sauvignon*, bleibt, von seinen französischen Verwandten überholt, auf der unteren Stufe der gesellschaftlichen Hierarchie. Ich habe Fjodor geglaubt, der Wein sei gut. Ich bemühe mich, auf meiner Zunge den Geschmack des damaligen *Cabernets* zu rekonstruieren: herb, bitter, den Gaumen austrocknend und zusammenziehend – so (oder so ähnlich) wird der Cabernet in den Weinkatalogen beschrieben. War er so? War er anders? Ist dieser erinnerte Geschmack heute vielleicht zu sehr von den Reben des Bordeaux, des Burgunds und der Rhône beeinflusst?

Ich zeichne nicht mehr, sagte Sergej und stellte fünf Gläser auf eine Holzkiste, *ich schreibe. Es zählt nur das Geschriebene. Die Welt wird eines Tages sprachlich – in allen Sprachen – wiederholt werden. Zunächst schrieb man grob, nein, nicht primitiv oder schlecht, ich meine in groben Zügen, man musste das Typische erfassen. Nun ist alles Typische schon erfasst. Nach der Romantik und nach dem psychologischen Roman kam die Moderne, seitdem wurde den nichts sagenden Einzelheiten immer mehr Aufmerksamkeit zuteil. Jetzt kommt aber die Zeit, das Schreiben noch zu verfeinern. Es wird so sein: die ganze Welt, alles, was es gibt, auch diese Gläser und Flaschen mit schlechtem Wein* (an dieser Stelle gab Fjodor Kunde von französischen Weinsorten), *die Kisten mit ihren splitterigen Brettern, wird beschrieben, exemplarisch, einzeln, mimetisch erfasst. Von uns allen. Es wird eine zweite Schöpfung sein. Und wenn dieses kollektive Werk vollendet sein wird, kommt das Ende der Zeit. Wir alle sind Adam, der alles benennen muss. Und dann darf er, dürfen wir wieder in den paradiesischen Garten. Wir stehen an der Schwelle der neuen Möglichkeiten, ich weiß noch nicht, wie, aber ein jeder wird in der Lage sein, das zu fixieren und zu vervielfachen. Die ganze Sache wird beschleunigt.* – So sprach Sergej. Fjodor schaute ihn skeptisch an. Andreas schaute ihn ironisch an. Sergejs Frau, Nadja, schaute ihn verärgert an, weil sie die ganze Zeit sagte, dass man lieber tanzen sollte, als immer dasselbe zu reden, oder wenigstens Schallplatten hören (erstaunlicherweise lebt Nadja immer noch mit Sergej zusammen und jammert zwar weiter, genießt aber seinen späten Erfolg und gestaltet – anstatt zu frisieren – am Computer seine Kataloge: Er zeichnet und malt wieder). Fasziniert war ich allein.

Wie es uns auch an Schatten erinnert

5. Jh. v. Chr. • 1453 • 1529 • 1714 • 1717 • 1787 • 1871 • 1917-1933-1934-1937-1941-1942-1943-1944-1945 • 1955 • 1973 • 1976 • 1982 • 1986 • 1987 • 1988 • 1989 • 1990 • 1991 • 1992 • 1995 • 2001 • 2002 • **2005** • **2006**

Falsch ist, dass man sich bei dem Gedanken an den Tod die Welt ohne sich selbst vorzustellen versucht. Richtig wäre, sich Folgendes vorzustellen: Sich ohne die Welt. Aber das ist schwierig. Schwierig ist zu begreifen, dass das nichts mit Einsamkeit zu tun hat. Denn es ist die Welt, die uns die Vorstellung von Einsamkeit gibt. – So spricht Gregor.

Als Andreas (vor einem Jahr in Berlin) merkte, wie begeistert ich von Gregors Art zu sprechen war, sah er sich verpflichtet, wie damals bei Sergej, ein sarkastisches Gesicht zu machen. »Findest du nicht, dass er genau wie Sergej spricht?«, fragte Andrjuscha, als wir zu zweit zum Potsdamer Platz gingen und ich dabei dachte, dass die trockene preußische Eleganz Berlins irgendwann über diese vereinzelt hochstrebenden Häuser siegen und sie unauffällig machen wird. »Weißt du, Andreas, dass Sergej damals das Internet vorausgesagt hat?«, fragte ich. »›Ein jeder ist nun in der Lage, seine Arbeit an der wörtlichen Erfassung der Welt zu fixieren und weiterzuleiten.‹ Denk nur an all die Weblogs, wo jeder schreibt, was er will, alles festhalten, vervielfältigen und weitergeben kann. Und überhaupt.«

»Typisch du«, sagte Andreas.

Zukunft

5. Jh. v. Chr. • 1453 • 1529 • 1714 • 1717 • 1787 • 1871 • 1917-1933-1934-1937-1941-1942-1943-1944-1945 • 1955 • 1973 • 1976 • 1982 • 1986 • 1987 • 1988 • 1989 • 1990 • 1991 • 1992 • 1995 • 2001 • 2002 • 2005 • **2006**

Zukunft

1.
Die Zukunft ist ungewiss, aber nicht leer.

2.
Wie wenn du im Sessel einschläfst und einen Spielfilm nicht zu Ende siehst.

3.
Dann hast du Stimmen und Figuren dunkel in deinem Kopf, du kannst nur vermuten, was sie da tun, wissen nicht.

4.
Wird die Zukunft zu Vergangenheit, ist sie auf andere Weise ungewiss.

5.
Nur in groben Zügen kennst du sie. Ansonsten ist sie eine Anhäufung nicht recht wahrgenommener Einzelheiten.

6.
Eine Wirrnis, verhedderter Bandsalat aus einer Videokassette.

Fjodor liest das, und ich denke, dass die Stelle mit dem Bandsalat in zehn Jahren einer Anmerkung bedarf, denn wer weiß dann noch von solchem alten Kram? Meine Studenten bräuchten vielleicht schon jetzt eine Anmerkung.

»Anhäufung nicht recht wahrgenommener Einzelheiten« ist für Fjodor immer eine panische Vorstellung gewesen. Auch er will, wie Sergej, die Welt exemplarisch erfassen, in allen Einzelheiten ihrer Zeitlichkeit. Gestern nach meinem Oberiuten-Vortrag und vor dem Abendessen im Landhaus zeigte er mir Laura, die vor einem Bücherregal stand. Sie entdeckte einige Werke ihres Geliebten, lächelte träumerisch und las jeden Buchstaben auf jedem Buchrücken. Wenn sie lächelt, erscheint auf ihrer linken Wange ein Grübchen. Diese Asymmetrie macht ihren Gesichtsausdruck ironisch. Aber sie stand so, dass wir nur die rechte Wange sehen konnten, und sie wirkte naiv und schutzlos.

»Marina«, flüsterte Fjodor, der zu diesem Zeitpunkt bereits ziemlich betrunken war, »ich kann das nicht ertragen, ich weiß nicht, wohin mit all den Dingen. Was wird aus diesem Mädchen, wenn ich das nicht sofort aufschreibe? Sie verschwindet, verstehst du?«

Ich hörte Fjodor zu und dachte, was wird aus uns, Andrjuscha, wenn Fjodor uns nicht aufschreibt, und wenn doch, dann trotzdem, was wird aus uns danach, wir verschwinden, verstehst du, und wo bist du heute überhaupt?

Fliegenreflexionen

5. Jh. v. Chr. • 1453 • 1529 • 1714 • 1717 • 1787 • 1871 • 1917-1933-1934-1937-1941-1942-1943-1944-1945 • 1955 • 1973 • 1976 • 1982 • 1986 • 1987 • 1988 • 1989 • 1990 • 1991 • 1992 • 1995 • 2001 • 2002 • 2005 • **2006**

Fliegenreflexionen

1.
In meinem Zimmer habe ich zwei Spiegel.

2.
Warum, das ist erst mal egal.

3.
Das Blöde ist: Sie hängen beide an einer Wand, nebeneinander.

4.
Eine Fliege irrt durch das Zimmer.

5.
Dann stößt sie mit der – Stirn? – sie haben keine Stirn, nur diese unheimlichen Fliegerbrillenaugen, oh Gott, sie stößt mit diesen unheimlichen Fliegerbrillenaugen in das Glas des einen Spiegels, dann des anderen, dann wieder in den ersten, dann in den zweiten, und so ohne Unterlass.

6.
Sie bekommt nicht heraus, in welchem Spiegel sie schöner ist.

7.
Na ja, darum habe ich die zwei.

(Das Publikum lacht. Denn *schöner* ist Fjodor nicht.)

Vergangenheit

5. Jh. v. Chr. • 1453 • 1529 • 1714 • 1717 • 1787 • 1871 • 1917-1933-1934-1937-1941-1942-1943-1944-1945 • 1955 • 1973 • 1976 • 1982 • 1986 • 1987 • 1988 • 1989 • 1990 • 1991 • 1992 • 1995 • 2001 • 2002 • 2005 • **2006**

Nach Fjodor liest Nikolaj. Manfred stellt ihn vor: Nikolaj habe in den Jahren der kommunistischen Diktatur standhaft und selbstlos gelitten, man habe viele seiner Erzählungen nicht gedruckt, weil er sich nicht anpassen wollte, und welch ein Glück, dass wir aus seinem Werk heute dennoch hören können.

Ich schaue Fjodor an. Ihn hatte ich vorgestellt. Mir wäre es peinlich, über die längst nicht mehr existierenden Dinge, Dinge des sowjetischen Lebens, zu sprechen. Ich hatte über seine Texte gesprochen, in denen er den unwichtigsten Dingen des Lebens nachgeht, um ihnen das Wichtigste, das hinter ihrer Anspruchslosigkeit steckt, abzugewinnen. Allerdings (und darüber hatte ich nicht gesprochen) war es Fjodor, der alles durchgemacht hatte, was zum Leben eines Undergrounddichters gehört. Er arbeitete als Heizer, das war unter Leningrader Künstlern, denen ihre Kunst keinen Lebensunterhalt sicherte, der verbreitetste Beruf, in erster Linie wegen des günstigen Arbeitsplans: man hatte 24 Stunden Schicht, danach dreimal 24 Stunden, also drei Tage am Stück, frei. Andreas und ich haben Fjodor oft in seinem Heizerraum besucht: Es war hell und trocken dort, wenn es draußen nass und dunkel war. Ein paarmal hat man seine Wohnung durchsucht und einige Manuskripte konfisziert. Ohne weitere Konsequenzen, der müde Staat wusste nicht mehr recht, was er von uns wollte. *Wen soll das schon interessieren?* dachte ich. Und Nikolaj führte damals das bequeme Leben eines sowjetischen Schriftstellers, der gemütlich frondierte und sich mit ungefährlichen Unannehmlichkeiten (keinen Preis zu bekommen, aus einer Schriftstellerdelegation ins Ausland gestrichen zu werden) schmückte.

Wie es uns auch an Schatten erinnert

5. Jh. v. Chr. • 1453 • 1529 • 1714 • 1717 • 1787 • 1871 • 1917-1933-1934-1937-1941-1942-1943-1944-1945 • 1955 • 1973 • 1976 • 1982 • 1986 • 1987 • 1988 • 1989 • 1990 • 1991 • 1992 • 1995 • 2001 • 2002 • 2005 • **2006**

Nach der Lesung laufen wir durch die durchsichtige warme Dunkelheit, jemandem folgend, der weiß, für welches Lokal die Essensmarken bestimmt sind, die wir von den Veranstaltern erhalten haben. Mond, Laternen und Schaufenster werden in ihrer Beleuchtungsarbeit von den Bildschirmen unterstützt, die vor und in allen Kneipen blinken: Mal ist eine rote Wange mit weißem Kreuz zu sehen, mal eine blau-gelbe Nase (ich denke dabei an Gregors anderes Blau, aber auch daran, dass die wenigen Juden, die den Zweiten Weltkrieg in der Ukraine überlebten, jedesmal zusammenzucken müssen, wenn sie diese Farbkombination sehen; wen interessiert das schon? Gelb sei das Korn, blau sei der Himmel, Korn & Himmel bewegen sich plötzlich wie durch eine Bö: »Tor!!!«), mal ein Schiedsrichter, pfeifend, pausbackig wie der Wind in einem barocken Bild; die übrigen Geräusche sind vom gleichmäßigen Getöse des Fußballuniversums verhüllt, deshalb raschelt das Laub – das noch dunkler und tiefer ist als der dunkle und tiefe Himmel über ihm – heute lautlos, und unwahrnehmbar zirpen die Zikaden in ihm. Ich greife nach meinem Handy (Taschentelefon sollte das Ding heißen), das aber schweigt, es trillerte wohl der Schiedsrichter. Wo bist du, Andreas?

Die Sprache meiner Mutter

5. Jh. v. Chr. • 1453 • 1529 • 1714 • 1717 • 1787 • 1871 • 1917-1933-1934-1937-1941-1942-1943-1944-1945 • 1955 • 1973 • 1976 • 1982 • 1986 • 1987 • 1988 • 1989 • 1990 • 1991 • 1992 • 1995 • 2001 • 2002 • 2005 • **2006**

Wir sind nun am Ziel, und der Innenhof des bildschirmfreien Wirtshauses ist plötzlich von Geraschel und Gezirp durchklungen, als hätte man sie erst jetzt eingeschaltet. Andreas jedoch sitzt immer noch schweigend in meinem Taschentelefon. Eine deutsche Dichterin, eine Berühmtheit, was von all den Russen hier nur ich weiß, streckt Nikolaj entschieden ihre Hand entgegen. Russische Männer wissen nicht recht, was sie mit den ihnen freundschaftlich entgegengestreckten weiblichen Händen sollen. Für sie gehört Händeschütteln zwischen den Geschlechtern zum offiziellen Leben, das tun Politiker oder Beamte, Künstler auf jeden Fall nicht. Wenn sie eine ihnen entgegengestreckte weibliche Hand sehen, staunen sie und küssen diese Hand. Die Dichterin ist klein und schmal, als wäre sie aus Streichhölzern zusammengebaut, aber seltsamerweise bilden diese Streichhölzer keinen Pinocchio, sondern eine grazile Dame in Stöckelschuhen. Sie schaut zu dem großgewachsenen Nikolaj hinauf und spricht schnell und resolut, sie bewundere ihn für seine heldenhafte Haltung, sie wisse, wovon sie spreche, sie habe in ihrer Jugend in dem Land, in dem sie geboren wurde, auch unter den Schrecken der Diktatur gelitten. Manfred reagiert nicht, er sieht die Übertreibung und ist verlegen. Ich dolmetsche für Nikolaj, sehe am Rand meines Blickfeldes den finsteren Fjodor und denke, dass ich ihn vielleicht doch falsch vorgestellt habe.

Sie wird zu meinem Visàvis am Tisch, ich schaue sie an und begreife, dass ich zwei Dichterinnen kenne, eine deutsche und eine russische, die kleinen paradiesischen Vögeln ähneln, jeweils einem paradiesischen Spatz und einer paradiesischen Dohle. Sie, die Dohle, bewegt ihren Kopf nach links, nach rechts, nach links, nach rechts, ist unruhig, ich sehe mal das rechte, mal das linke dunkle Auge. Laura, die neben ihr sitzt, spricht zu mir, wie schön sie die russische Sprache findet (»Danke!« sage ich dumm), die sie leider nicht kann, aber deren Klang so musikalisch ist. Ich lächle ein geschmeicheltes Lächeln, als hätte ich diese Sprache erfunden. Die Dohle schaut mich plötzlich an mit ihren beiden auf einmal hart und hell gewordenen Augen. »Eine schreckliche Sprache!« sagt sie. Nein, erklärt sie weiter, sie verstehe, die große Literatur, Mandelstam, der umgebracht wurde, Jessenin usw., aber, wie Paul Celan es sagte, die Sprache meiner Mutter ist die Sprache der Mörder meiner Mutter, es solle jeder normale Russe die Sprache hassen, die so viel Leid gebracht hat, auch ihrer Mutter hätten Russen viel Unrecht angetan …

Na gut, denke ich, *sie ist Dichterin und braucht nicht alles genau zu wissen, auch nicht, dass der Satz von Mutter, Mörder und Sprache nicht von Celan stammt, glaube ich zumindest, sondern von Rose Ausländer. Sie braucht das nicht zu wissen. Was sie braucht, ist nur Energie für ihre Fantasien.*

»Sie verstehen das nicht richtig, für – – –«, sage ich;

»Ich verstehe, was meiner Mutter passiert ist«, sagt sie;

»– – – für Celan war die deutsche Sprache zur Sprache der Mörder geworden, weil – – –«, sage ich;

»ich zucke jedesmal zusammen, wenn ich jemanden Russisch sprechen höre«, sagt sie;

»es tut mir leid«, sage ich und denke sofort, dass ich das lieber nicht sagen sollte, weil mir meine Sprache auf keinen Fall leid tun muss, »aber für Celan war die Sprache zur Sprache der Mörder geworden, weil die Mörder eine nationale Idee hatten, und – – –«, sage ich;

»das Russische ist auch so eine Sprache der Mörder und ich verstehe auch, wie das Deutsche für Celan unerträglich sein konnte«, sagt sie;

»– – – und die Kommunisten hatten keine nationale Idee, eher umgekehrt, und sie waren nicht alle Russen, und Russen haben unter dem Terror genauso, wenn nicht viel mehr gelitten …«, sage ich;

»für meine Mutter waren sie Russen!« sagt sie.

Die Wahrheit flaniert mit, aber schweigend

5. Jh. v. Chr. • 1453 • 1529 • 1714 • 1717 • 1787 • 1871 • 1917-1933-1934-1937-1941-1942-1943-1944-1945 • 1955 • 1973 • 1976 • 1982 • 1986 • 1987 • 1988 • 1989 • 1990 • 1991 • 1992 • 1995 • 2001 • 2002 • 2005 • **2006**

Ob das Gespräch in der Tat eine so schöne Sache ist, wie es (wie ich bei meinen Vorträgen erzähle) Lipawskij meinte, der Mitte der 1930er seine Freunde (»Charms und seine Freunde«) aufforderte, Gespräche zu führen, und sie dann aufschrieb, »fotografierte«?

»Denken wir an das Ende eures Wortwechsels. Ihr beide sagtet nichts. Alles war. Die Wahrheit, einer Bezifferung gleich, flanierte mit euch zusammen. Welche Aussage war die richtige? Der Wortwechsel kam zu Ende. Ich war ausgesprochen erstaunt.«

So schrieb Wwedenskij in »Eine Anzahl von Gesprächen«, in dem Werk, das vieles über die Gespräche verrät, was man lieber nicht wissen will.

Und wenn ich das anders übersetze?:

»Erinnern wir uns daran, wie euer Streit beendet wurde. Ihr habt beide geschwiegen. So war es. Wahrheit, wie Nummerierung, promenierte mit. Wer hatte denn recht? Der Streit wurde beendet. Ich war maßlos platt.«

Während ich mir das überlegte, vergaß mich die Dohle und beschimpfte einen jungen Kellner, ich habe nicht aufgepasst, weshalb. Als der beschimpfte Kellner und sein ihn entschuldigender Chef weg waren, erklärte sie der schweigsamen, lächelnden (ein ironisches Grübchen auf der linken Wange) Laura, dass sie niemals zu dem geworden wäre, was sie ist, wenn sie sich hätte kleinkriegen lassen, und auch diesem Kellner werde sie das nicht erlauben (so sollte der kleine Kellner für die längst geplatzte Diktatur in ihrem Land und für alle Panzer und Raketen der untergegangenen Sowjetunion geradestehen, nicht schlimm, den Job als Kellner wird er wohl überall finden, selbst wenn er nun diesen verliert, was wohl möglich ist, wegen der Berühmtheit der Dohle).

Als wir wieder in die surrende Nacht gingen, sagte mir Manfred: »Es war merkwürdig, was da am Tisch passierte, wieso hast du das geduldet.« Ich fragte ihn nicht, wieso *er* es geduldet hatte, ich sagte nur, dass ich zwei Dichterinnen kenne, eine deutsche und eine russische, die kleinen paradiesischen Vögeln ähneln, einer deutschen paradiesischen Dohle und einem russischen paradiesischen Spatz. Und dass ich der einen alles verzeihen würde der (nicht nur äußerlichen) Ähnlichkeit mit der anderen wegen.

Ich hatte zu viel getrunken. Die Zirpen zirpten. Der Wind war warm. Mein Taschentelefon schwieg. Die Bildschirme ebenso.

V

Nur Menschen der Gesellschaft und Frauen denken nicht darüber nach

5. Jh. v. Chr. • 1453 • 1529 • 1714 • 1717 • 1787 • 1871 • 1917-1933-1934-1937-1941-1942-1943-1944-1945 • 1955 • 1973 • 1976 • 1982 • 1986 • 1987 • 1988 • 1989 • 1990 • 1991 • 1992 • 1995 • 2001 • 2002 • 2005 • **2006**

Ich war mitten in der Nacht wach. Wie wenn du als Kind in einem Schlafwagen (unterwegs zu einem südlichen Kurort) erwachst, der auf einmal stehen bleibt, und ungeduldig wartest, dass der Zug weiterfährt und du wieder einschläfst, als wäre dieser Halt ein Einschnitt in die Zeit, als wäre dieses stillstehende Licht einer für immer namenlosen Bahnstation, das du schräg über dir wahrnimmst, versehentlich von einer anderen in diese Welt hereingelassen worden.

Ich war auf solche Weise wach geworden, als wäre es eine Unterbrechung im Zeit(ab)lauf. Ich wurde wach, weil mir angst war. Das war Todesangst. Gedankenlos, als Reaktion des Körpers auf irgendetwas, worüber der Kopf nichts wusste. Ich lag auf dem Rücken und fuhr mit den Fingernägeln über das Laken – meinen Körper entlang von den Schenkeln bis zur Brust. Das tote Laken hat es gut, dachte ich, meine Nägel werden auf seiner Oberfläche keine rot nässenden Streifen hinterlassen.

Warmer Schweiß wie der einer Liebesnacht bedeckte meinen Körper.

Ich habe versucht mich zu trösten mit dem Gedanken an mein Flussweib, habe versucht mir vorzustellen, dass ich mitten im Zeitfluss aufgehoben bin.

Ich habe versucht mich zu trösten mit dem Gedanken an Leo Tolstoj. *Nur Menschen der Gesellschaft und Frauen denken nicht darüber nach,* sagte Leo Tolstoj über Todesangst. Aber es gibt da nichts großartig zu denken. Du hast einfach plötzlich dieses Entsetzen im Blut. Und dein Herz wird eckig und aufgebläht und schiebt sich langsam von seinem Platz links in die Brustmitte.

Ich habe versucht mich zu trösten, indem ich meinen Arm hinter das Kissen warf und aus meiner Achselgrube den Lebensgeruch, den des warmen Schweißes wahrzunehmen versuchte. Aber da war nur der Geruch eines Parfüms, so eines, das eine Frau mit Liebe zu sich aussucht.

Ich lag zuerst im Dunkel, später in der Morgendämmerung, die ganze Ornithologie des Gartens versuchte mich zu zerstreuen, und als ich auf den Balkon kam, war ich, wenn nicht glücklich, dann doch euphorisch gerührt von des Gartens langsamer Entfaltung. Der Stoff des Gartens war leicht und schwer, von Licht (leicht) und Farben (schwer). Schade, dass ich Andreas das nicht zeigen kann, dachte ich.

Wo bist du, Andreas?

5. Jh. v. Chr. • 1453 • 1529 • 1714 • 1717 • 1787 • 1871 • 1917-1933-1934-1937-1941-1942-1943-1944-1945 • 1955 • 1973 • 1976 • 1982 • 1986 • 1987 • 1988 • 1989 • 1990 • 1991 • 1992 • 1995 • 2001 • 2002 • 2005 • **2006**

Unterwegs zum Frühstücksraum fragte ich die Rezeptionsdame nach einem Internetcafé, und es stellte sich heraus, dass das Hotel über einen *Internet-Corner* verfügte.

Was soll ich in Google eingeben?, dachte ich, nachdem ich meine Post geprüft hatte (Antonia, die mein Zögern in Sachen Andreas nicht ernst nimmt und meint, ich hätte mein ganzes Leben sowieso nur Andreas geliebt – abgesehen davon, dass sie manchmal mich und Pawel, wenn wir beim Gespräch besonders dumm lachen, mit ihren großen ernsten Ballerina-Augen aufmerksam beobachtet –, schreibt, dass ein Berliner Theater, das sie in der nächsten Spielzeit als Choreografin eingeladen hat, ihre Bitte, mich als ihre Assistentin und Dolmetscherin einstellen zu dürfen, bewilligt hat. Und dass ich ruhig eine Spielzeit lang in Berlin leben könne und dann weitersehen.

»Wie meinst du das?«, wollte ich wissen, als Antonia mir diese Idee zum ersten Mal schilderte. »Wie kann ich alles aufgeben, um Assistentin und Dolmetscherin zu werden?« »Oh nein, Marina, ich wollte nur … weißt du … denn … und Andreas … Ich dachte« – Antonia meinte damit, dass ich ohnehin nur Dummheiten treibe (Pawel und sie seien deswegen immer um mich besorgt), und hier wäre wenigstens die Klärung meiner Beziehung zu Andreas ein deutlicher Gewinn. Und dass ich im Laufe der Spielzeit bestimmt etwas finden würde, das meiner

Qualifikation entspräche; und dass sie mich in der Uni gerne wieder nehmen würden, falls ich zurückkäme).

Wo bist du, Andreas? tippe ich ein – sieben Treffer, aber keiner davon meint meinen Andreas. Also keine Antwort.

Wo ist der Schnee von gestern? – zwölf Treffer, die Antwort: »Wo ist der Schnee von gestern hin?« ist eine Zeile aus einer Ballade von François Villon.

Dichter Fjodor

5. Jh. v. Chr. • 1453 • 1529 • 1714 • 1717 • 1787 • 1871 • 1917-1933-1934-1937-1941-1942-1943-1944-1945 • 1955 • 1973 • 1976 • 1982 • 1986 • 1987 • 1988 • 1989 • 1990 • 1991 • 1992 • 1995 • 2001 • 2002 • 2005 • **2006**

Auch Fjodor hatte eine unruhige Wachpause in der Nacht, erzählt er mir am Frühstückstisch. Ihn machte der Schrecken vor den unzähligen Zeilen wach, die jede Sekunde in der Welt entstehen. »Jeden Tag bedecken Millionen von Menschen mit ihren Gedichten das Papier. Oder sie füttern die elektrische Leere der Bildschirme. Es kann nicht so weiter gehen. Man muss etwas dagegen tun.« Ich könnte Fjodor sagen, dass er das Seine dagegen schon getan hat. Seit fünf Jahren schreibt er nicht mehr. Ich sage es aber nicht, will ihn nicht verletzen. Ich sage stattdessen, dass auch ich eine schreckliche Nacht hatte. »Wir haben gestern zu viel getrunken«, meint Fjodor, der sicher ist, das richtige Maß zu kennen, das man ohne unerwünschte Folgen trinken darf, und das für jede Weinsorte.

Fjodor ist grimmig, sein unfrohes Erwachen wurde nicht von den Gartenvögeln verschönt.

»Weißt du«, sagt Fjodor, »ich habe das Meine dagegen schon getan, ich schreibe keine Gedichte mehr, ich schreibe Prosa.« Letzteres ist neu für mich. »Ich zeige dir im Zug heute einiges.« Wir fahren heute schon nach Berlin, und ich habe Andreas noch immer nicht erreicht und keine Nachricht von ihm bekommen.

Und da erwacht endlich Charlie Parker in meinem Handy und dudelt aus seiner *Ornithology*.

Diese Musik hatte Pawel, der Sinologe, in mein Taschentelefon überspielt.

Katzenfelle

5. Jh. v. Chr. • 1453 • 1529 • 1714 • 1717 • 1787 • 1871 • 1917-1933-1934-1937-1941-1942-1943-1944-1945 • 1955 • 1973 • 1976 • 1982 • 1986 • 1987 • 1988 • 1989 • 1990 • 1991 • 1992 • 1995 • 2001 • 2002 • **2005** • **2006**

Als ich vor einem Jahr aus Berlin zurück nach Petersburg kam, nahm ich ein Taxi und fuhr ins Krankenhaus. Am Ausgang sah ich Antonia. »Was?«, fragte ich und hörte meine eigene Stimme nicht.

Wir saßen die ganze Nacht in ihrer Wohnung, wo im Flur der ovale Spiegel vom Mahagoniholz umarmt wird. Wir saßen auf dem Bärenfell. Um uns herum lagen Pawels Bücher und Papiere. Alle Dinge schienen abgewetzt zu sein, als hätten sie auf Pawels Abwesenheit gewartet, um im Nu anders zu werden, als sie all die Jahre waren, seit ich aus Verlegenheit die Zigarettenasche in eine winzige chinesische Tasse abgeschüttelt hatte, die *Dinge von früher*, die mich so unendlich fasziniert hatten. Die winzigen chinesischen Tassen, die aus verdichtetem grauem Nebel zu sein schienen, mit einem rauchigen rotäugigen Drachen – sie sahen nun aus wie gerade in einem Kramladen von nebenan gekauft, und nicht auf Drachenflügeln aus dem alten China gebracht. Einzig Antonia war wie damals. Als wäre sie ein *Ding außerhalb von Zeit und Raum*. Nur hat Antonia in dieser Nacht so viele Wörter gesagt, wie ich von ihr in den ganzen Jahren davor nicht gehört hatte.

»Die unmittelbare Gefahr ist vorbei, sagen die Ärzte. Er wird jetzt schlafen, haben sie gesagt, und dass ich über Nacht nicht bleiben darf«, sagte Antonia.

»Das schlimmste Gefühl, das ich je hatte, ist Mitleid«, sagte Antonia.

»Das ist unerträglich, unerträglich, als hätte man dich ausgeweidet und mit Mitleid gestopft«, sagte Antonia.

Als Antonias Großmutter, eine ägyptische Gottheit, der ibisköpfige Thot, noch am Leben war, stand im schummrigen Flur eine Truhe aus dunklem, pockigem Holz, geheimnisvoll wie alles in dieser Wohnung. Nun diente sie (entdeckelt) als Übertopf für einen Kübel mit Bambus, Antonias Geschenk zu Pawels letztem Geburtstag.

»Was hast du mit den Katzenfellen gemacht?«, fragte ich.

»Wusstest du davon?«, fragte Antonia. »Motten, nach Großmamas Tod waren sie fast sofort von Motten gefressen. Seltsam, nicht wahr? Ich hätte sie natürlich ohnehin weggeworfen. Pawels Bärenfell, siehst du, blieb verschont. Und im Schrank haben wir alles eingemottet.«

»Weißt du noch«, sagte ich, »bei Pu Songling, in seinen Fuchsfeengeschichten, wird mancher Fuchsbalg wieder lebendig. Wenn ein Student einem Jäger einen toten Fuchs abkauft, kann der Balg, nachdem der Student ihn aus seiner Tasche herausgeholt hat, als ein schönes und wohlerzogenes Mädchen auferstehen. Und sie – der Student und seine Geliebte – beruhigen die Ergriffenheit ihrer Herzen, indem sie den warmen Pflaumenwein aus winzigen Porzellangläschen trinken und einander Gedichte vorlesen. Deiner Großmutter Kätzchen sitzen in diesem Augenblick wahrscheinlich in einem Palast mit Säulen aus rotem Schnitzlack. Der Schnitzlackmeister war in seinem Boot weit auf dem Meer, weil er die letzte Lackschicht vor seiner Schnitzarbeit vom salzigen Meereswind austrocknen lassen wollte, und sah die bunten Katzenfelle über die Wellen schwanken, die er zuerst für glückbringende Meeresdrachen hielt. Er holte sie ins Boot. Sie wurden zu Frauen, so zierlich (eigentlich ausgezehrt, aber der Schnitzlackmeister hat das nicht begriffen), dass das Boot unter ihrem Gewicht nicht wegsackte. Wieder an Land, brachte er sie zu jenem hohen Beamten, für den seine Lackkunst bestimmt war. Und jetzt sitzen sie in einem Palast mit Säulen aus rotem Schnitzlack, wie deine wunderbaren Armbänder, Tonja (denn alle außer Pawel nannten Antonia natürlich nicht Antonia, auch nicht Antonina, wie ihr Name im Ausweis geschrieben stand, sondern riefen sie mit diesem netten häuslichen Tonja), und erzählen von Hunger, Kälte und Bombardements. Die vornehme Familie des alten Beamten staunt über die Unmenschlichkeit der Barbaren hinter der Mauer.«

Antonia lachte: »Dann haben Großmamas Katzen die Zeit verfehlt!«

Ich sah, sie war etwas peinlich betroffen, dass ich von den Katzenfellen wusste. Ich antwortete: »Naja, reizend wäre natürlich auch, sich die Katzen-Mädchen in der Volksrepublik China vorzustellen. Sie wären in diesem Fall wohl in einem Kloster in Tibet gelandet.«

»Oh Gott, die Mönche würden sie als Spuk vernichten«, sagte Antonia.

5. Jh. v. Chr. • 1453 • 1529 • 1714 • 1717 • 1787 • 1871 • 1917-1933-1934-1937-1941-**1942-1943-1944**-1945 • 1955 • 1973 • 1976 • 1982 • 1986 • 1987 • 1988 • 1989 • 1990 • 1991 • **1992** • 1995 • 2001 • 2002 • 2005 • **2006**

Großmutter Thot hatte die Belagerung Leningrads überlebt. Sie sprach nie davon. Nur ein Mal, als ich ihr erzählte, wie mir bei einem Empfang ein mir unbekannter deutscher Autor berichtete, er wolle ein Buch über die Belagerung Leningrads schreiben, weil sein Vater dabeigewesen und mit vielen Wunden zurückgekehrt sei: »Hierzulande weiß niemand Bescheid über diese Belagerung. In Russland auch nicht, weil es in Russland verboten war, darüber zu sprechen.« »Nein«, sagte ich, »das stimmt nicht.« »Doch«, sagte er, »ich habe das in der Zeitung gelesen.« Ich wusste nicht, wie ich darauf reagieren sollte. Seit ich denken kann, hörte ich von der Belagerung, der Blockade. Als Kind nimmt man so etwas nicht richtig wahr, genauer, es vermischt sich mit dem Getöse der offiziellen Propaganda, erst später wird das Ausmaß der Katastrophe klar, so klar, dass sie einem wieder irreal vorkommt.

Alle Katzen und Tauben wurden gegessen.
Alle Rinde von den Bäumen genagt.
Alles Wasser der Newa ausgetrunken.
Aller Honig der Sonne weggesaugt.
Das Irrlicht in den Augen der Kannibalen.

Nicht der Spuk, den die daoistischen Mönche bei Pu Songling so geschickt zu verjagen wussten, dein Vater, Andrjuscha, kam vor die Tore meiner Stadt.

»Glauben Sie alles, was in den Zeitungen steht?«, fragte ich den unbekannten Deutschen. »Ja, warum?«, fragte er zurück.

Als ich der Großmutter Thot davon erzählte, sagte sie: »Natürlich hat man Katzen gegessen. Nur, es gab bald keine Katzen mehr. Es schaudert alle, daran nur zu denken, aber glaubst du, man hat keine Katzen gegessen, überall in der Welt, wenn es Hungersnot gab?«

»Ich zeige dir etwas«, sagte Großmutter Thot. »Mein Onkel war echt verrückt geworden, na ja, wie alle damals. Er dachte, das Katzenfell sei etwas Wertvolles, so wie Fuchs oder Feh. Und dass er es gegen Brot tauschen könne. Er hatte Ahnung vom Kürschnerhandwerk, weil er vor dem Krieg mit seinen Freunden gejagt und auch die Pelze der erbeuteten Tiere bearbeitet hatte. Ich glaube, nachdem alles vorbei war, nach dem Krieg, hat er alles vergessen. Einfach vergessen. Es wurde aus seinem Gedächtnis getilgt. Und ich« – Großmutter Thot öffnete die Truhe im Flur, dort lagen die bunten, musterhaft ausgearbeiteten Katzenfelle – »ich spreche seitdem mit ihnen und bitte sie um Verzeihung.« Und sie streichelte den Pelz mit ihren langen schmalen Fingern mit den dunklen, silbernen Ringen (die goldenen wurden gegen Brot getauscht).

5. Jh. v. Chr. • 1453 • 1529 • 1714 • 1717 • 1787 • **1871** • 1917-1933-1934-1937-1941-1942-1943-1944-1945 • 1955 • 1973 • 1976 • 1982 • 1986 • 1987 • 1988 • 1989 • 1990 • 1991 • 1992 • 1995 • 2001 • 2002 • 2005 • **2006**

Diese Pelze waren die einzige Macke der alten Dame, die sonst ganz Dame war, wohlwollend, trocken. Ich bereute jetzt, Antonia nicht verschwiegen zu haben, dass ich die Katzenfelle gesehen hatte. Ich dachte plötzlich daran, wie Thérèse bei unserer gemeinsamen Neujahrsfeier in dieser Wohnung einen französischen Witz erzählt hatte:

Weihnachten 1871.
Die preußischen Truppen belagern Paris.
Hunger.
Der alte Jacques hat keine Wahl: er muss seinen treuen Hund essen.
Gegessen.
Vor ihm (durch Tränen) der Teller voller Knochen.

Seufzt: »Mein armer Freund, wie hättest du dich über diese Knochen gefreut!«

Einige von uns lachten. Die anderen, die in das Katzenfellgeheimnis eingeweiht waren (ich damals noch nicht, überhaupt begriff ich die Szene erst nach diesem Gespräch mit Antonia), schwiegen.

So saßen Antonia und ich auf dem Bärenfell und redeten Blödsinn, ohne den Zeitlauf zu merken, wie jene vier chinesischen Dichter, die sich in einem Frühlingsgarten versammelten, um der Natur vollkommene Gedichte abzugewinnen:

Vier Dichter versammelten sich in einem Frühlingsgarten, um der Natur vollkommene Gedichte abzugewinnen

5. Jh. v. Chr. • 1453 • 1529 • 1714 • 1717 • 1787 • 1871 • 1917-1933-1934-1937-1941-1942-1943-1944-1945 • 1955 • 1973 • 1976 • 1982 • 1986 • 1987 • 1988 • 1989 • 1990 • 1991 • 1992 • 1995 • 2001 • 2002 • 2005 • 2006

Vier Dichter versammelten sich in einem Frühlingsgarten, um der Natur vollkommene Gedichte abzugewinnen.

Einige Bäume waren bereits verblüht. Ihre Blüten bedeckten die Erde. Sie waren wie der Mondschein, der durch das Fenster auf den Boden einer Einsiedlerhütte fällt. Einige andere begannen erst zu blühen und färbten den Himmel wie Morgenwolken.

Einer der Dichter sprach sein Gedicht über den Frühlingsgarten. Er beweinte in den Zeilen die zarten Blüten, die dem Garten nur für kurze Zeit ihre Farben schenken. Er bewunderte ihre selbstlose Pflichterfüllung. Denn sie blühten tapfer, bis der grau gekräuselte Wind sie wegblies.

Während er das sprach, ging der Frühling vorbei.

Der zweite Dichter sprach ein Gedicht über die reifen Pflaumen im Sommergarten, die hervorlugten aus der dichten dampfigen Luft wie Affenaugen. Die Stare, die in ihren vergoldeten Käfigen auf den Ästen der Pflaumenbäume schaukelten, wiederholten seine Worte, worauf die vier Dichterfreunde genussvoll lächelten, bis die herbstliche Nacht mit ihren heulenden Affen alle anderen Töne verschlang.

Als der dritte Dichter sein Herbstgedicht und der vierte Dichter sein Wintergedicht beendet hatten, war wieder der Lenz da.

Einige Bäume waren bereits verblüht …

So dichten die vier Freunde im Jahreszeiten-Kreislauf, in diesem Garten, der für andere unauffindbar ist. Solange sie das tun, werden die Jahreszeiten einander ordentlich folgen. Wenn sie aufhören, wird die Welt im Urchaos versinken.

Aber Antonia und ich ließen unser Gespräch; in irgendwelchen Gärten der Ewigkeit wird es wohl fortgesetzt werden.

Das potemkinsche Petersburg

5. Jh. v. Chr. • 1453 • 1529 • 1714 • 1717 • **1787** • 1871 • 1917-1933-1934-1937-1941-1942-1943-1944-1945 • 1955 • 1973 • 1976 • 1982 • 1986 • 1987 • 1988 • 1989 • 1990 • 1991 • 1992 • 1995 • 2001 • 2002 • 2005 • **2006**

Als Pawel, der in der ersten Zeit nach seiner Krankheit unsicher wie der biblische Lazarus wirkte, wieder zu Hause war, lag er tagelang auf seinem Bärenfell und hörte Charlie Parker. Er fand ihn in der Unendlichkeit des *www* auch als Rufton für mein Taschentelefon (mit dem Stolz eines alternden Mannes, der die neue Technik so spielend beherrscht). Seitdem wohnt dieser Vogel in meinem Taschentelefon: Charlie Parker, der so oft gerühmt wurde, in so viele Romane und Filme einging, dass er in der Unendlichkeit der mentalen Felder, dort, wo die Saat der menschlichen Gedanken ausgesät wird, als eine kleine Musikgottheit emporkeimt, ein unglückliches, verwöhntes Ungeheuer.

Und nun erwacht er in seinem elektronischen Bauer und dudelt aus seiner *Ornithology*. Aber das ist nicht Andreas. Es ist Katharina, die vor zwanzig Jahren mit derselben Gruppe wie Andreas in Leningrad war. Sie kam vorgestern zu meinem Oberiuten-Vortrag, ich habe sie nicht erkannt, auch nicht, als sie mich fragte, ob ich Andreas Bach kenne. Ich verlor kurz die Orientierung, plötzlich, wie von einem Stoß aus der Realität gerissen, wie wenn du als Kind in einem Schlafwagen erwachst, der auf einmal stehen bleibt. Wusste aber doch wieder, wer sie ist, als sie fragte, ob ich Marina heiße.

Sie dürfte knapp über Mitte vierzig sein (wie auch Andreas), also etwa zehn Jahre älter als ich, hat sich aber wenig verändert.

Vielleicht habe ich sie eben deswegen zuerst nicht erkennen können. Sie ist hübsch wie ein Knabe: schmal, brünett, kurzes Haar gelockt, die taillierte Jacke betont nur das Männliche ihrer Weiblichkeit. Sie raucht kleine filterlose Zigaretten. Als wir nach dem Abendessen auf einem gold-schwarz gestreiften Sofa rauchten, sagte sie:

»Weißt du, ich war vor drei Jahren wieder in Petersburg. Ich wollte sehen, wie ihr dort das 300-Jahr-Jubiläum feiert. Ich muss ehrlich sagen: Die Stadt gefiel mir überhaupt nicht.«

Ihre Augen – die eines klugen Mädchens, das daran gewöhnt ist, das Publikum zu schockieren – warteten auf meine Reaktion. Ich dagegen bin nie besonders schlagfertig und war auch besorgt, weil Andreas, dessen Name mich aus dem Gleichgewicht gebracht hatte, sich immer noch nicht meldete.

»Diese putzigen Fassaden und schmutzigen Hinterhöfe, diese Potemkinschen Dörfer, diese Augenwischerei.«

Sie war gereizt, dass ich nur höflich lächelte und schwieg. Sie dachte, ich hätte vielleicht nicht richtig verstanden. »Also, ich muss sagen, ich war sehr enttäuscht von der Stadt.«

»Weißt du, wie der Begriff *Potemkinsche Dörfer* entstanden ist?«, fragte ich endlich, um nicht weiter zu schweigen.

»Na ja, das weiß doch jeder«, erwiderte sie.

»Es gab sie nicht«, sagte ich. »Die kluge Jekaterina (Katharina die Große) kam nach Süden, um zu prüfen, was der brave Fürst Potemkin für sie so erobert hatte. Und das waren die Steppen der Skythen, staubig golden, im Sommer riechen sie nach Quendel, Zypressen und Ziegenpisse, im Winter nach Salz, Kalk und Ziegenkacke. Im Sommer zirpen die Zirpen, im Winter sausen sandige Winde.«

Katharina wurde ungeduldig. Ich aber begann zu erzählen und konnte nicht aufhören. Die Gewohnheit, etwas zu erzählen und zu erläutern (wohl eine Berufskrankheit vieler Dozenten und Professoren), ist bei mir oft stärker als Müdigkeit, Unruhe oder Besorgtheit.

Ich war plötzlich begeistert von dem braven Fürsten Potemkin, der bestimmte Flecken in diesen unendlichen Steppen, die später zu prächtigen Städten werden sollten (und wurden), mit den karnevalesk und symbolisch – wie es der Geist des 18. Jahrhunderts verlangte – gestalteten Spielzeugdörfern markierte.

Ich war plötzlich empört über den perfiden Georg von Helbig, den sächsischen Gesandten damals. Ihn hatten die militärischen Erfolge des braven Fürsten Potemkin, der Glanz des Hofes und die Pracht der eben den Osmanen abgewonnenen Landschaften nicht erfreut. Er erfand (für die Hamburger Zeitschrift »Minerva«) die Potemkinschen Dörfer: der brave Fürst Potemkin habe Häuser aus bemalten Pappschachteln errichten und Soldaten als Bauern verkleiden lassen; um den angeblichen Wohlstand dieser fiktiven Bauern vorzutäuschen, seien Dutzende von Hühnern vom einen fiktiven Dorf zum anderen getragen worden.

Ich fragte sarkastisch, wen denn eigentlich die bemalten Dörfer täuschen sollten? Doch nicht die kluge Jekaterina (Katharina die Große) und ihre aufgeklärten Gäste!

Und ich staunte plötzlich, dass die Russen dem Westen diesen Blödsinn abgekauft hatten.

»Ähnlich«, meinte unverhofft Katharina, »wie die Russen der Welt geglaubt haben, dass sie beim Trinken ›Nasdrovje‹ schreien, was sie in Wirklichkeit nie tun und nie taten.«

Ein älteres Paar, aus dem hiesigen Adel, er in grüner Tracht, sie in rosa Chanel, wollte ausführlichere Informationen zu den russischen Sprüchen haben. Sie waren auch vor drei Jahren in Petersburg (»So eine schöne Stadt!« – »Danke!« – Ich muss mir das endlich abgewöhnen: zu danken, wenn jemand St. Petersburg oder die russische Sprache schön findet) und wollten nun wissen, wie eine Stadt sich eine so prachtvolle Feier leisten kann, wenn es so viele ungelöste soziale Probleme gibt.

Da war Katharina bereits auf meiner Seite (ich meine auf der Petersburgs): »Menschen brauchen doch Feiern«, sagte sie. »Wenn in einer Bauernfamilie eine Tochter heiratet, machen sie ein Riesenfest, obwohl es wahrscheinlich klüger wäre, eine Kuh zu kaufen.« Die ländlichen Bilder in Katharinas Argumentation erstaunten mich, überzeugten das Paar aber völlig. Die Dame wollte mir noch etwas Nettes sagen und wiederholte, wie großartig sie Petersburg fand. Dann fand sie ein weiteres Kompliment: Ihre Putzfrau sei eine Russin, eine ausgesprochen fleißige Frau!

Die Katzenfelle

5. Jh. v. Chr. • 1453 • 1529 • 1714 • 1717 • 1787 • 1871 • 1917-1933-1934-1937-1941-**1942-1943-1944**-1945 • **1955** • 1973 • 1976 • 1982 • 1986 • 1987 • 1988 • 1989 • 1990 • 1991 • 1992 • **1995** • 2001 • 2002 • **2005** • **2006**

Katharina, die hier in der Gegend mit einem Wäschefabrikanten verheiratet ist und einen örtlichen Deutsch-Russischen-Verein leitet, wusste nicht viel über ihre ehemaligen Kommilitonen: »Wir alle dachten, du und Andreas würden heiraten. Na ja. Hast du von ihm seitdem etwas gehört? Man sagt, er ist jetzt wieder geschieden. Du aber hast richtig Karriere gemacht, ich freue mich riesig, kommst du nächstes Jahr zu uns in den Verein? Ich würde das arrangieren.«

Sie ruft mich nun an und fragt, ob ich von der Blockade Leningrads erzählen würde, weil sie in meinem Vortrag am meisten von den Bildern aus der belagerten Stadt beeindruckt war. Alles andere, Oberiuten und so, habe sie, ehrlich gesagt, nicht ganz verstanden, sagt sie.

Klar, ich würde kommen. Deinetwegen, Andreas, nütze ich jede Gelegenheit, nach Deutschland zu fahren. Aber was soll ich außer über die Oberiuten erzählen? Die Oberiuten, die außerhalb des kleinen Freundeskreises (einer ihrer Freunde schrieb später: *Eben bei ihnen begriff ich, dass Genialität nicht ein Grad der Begabung ist, oder nicht nur das, sondern eine besondere Veranlagung des ganzen Wesens*) zu Lebzeiten als Dichter nicht existierten. Es hätte so kommen können, dass auf ihrem Platz ein Nichts steht (mit unübersehbaren Folgen für die russische Poesie), hätte nicht einer ihrer Freunde, der Philosoph Jakow Druskin, im belagerten Leningrad selbst beinahe verhungert, sich zum halbzerbombten Haus des verhafteten Daniil Charms begeben, dessen Archiv gefunden und es auf einem Kinderschlitten zu sich nach Hause gebracht. Für die von der Dystrophie abgezehrten Muskeln war der mit Manuskripten beladene Kinderschlitten eine schwere Last. Die Wahrscheinlichkeit, dass er es bis nach Hause schaffen würde, war verschwindend gering. Er hätte auf dem Hin- oder Rückweg unter den deutschen Bomben sterben können, oder umkippen und erfrieren; oder später verhungern, wie mehr als eine Million Einwohner von Leningrad; oder er hätte verhaftet werden und das Schicksal seiner Freunde teilen können.

Soll ich von den Katzenfellen erzählen? Wird man die Katastrophe begreifen können, oder sagt man nur: *Na, die Russen, die Barbaren, was wäre von denen sonst zu erwarten*?

Als ich geboren wurde, lag zwischen mir und dem Zweiten Weltkrieg ein Vierteljahrhundert. Dieser Krieg (der meinem Vater seine Jugend geraubt hatte) war für mich als Kind fast so fern wie die Napoleonkriege, die Punischen Kriege oder der Spanische Erbfolgekrieg. Einem russischen belesenen Kind ist (war?) alles gleich wichtig, es war (ist?) Herrscher seines Bücherreiches und seiner Weltgeschichte. Columbus mit seinen Kartoffeln, seiner Syphilis und seiner Schokolade ist einem russischen belesenen Kind vertrauter als der Entdecker Sibiriens, der Kosaken-Ataman Jermak, mit seinem Silber und Eisen, seinen Pelzen. Heute ist mir der Zweite Weltkrieg, der im Sumpf der Geschichtsschreibung immer tiefer versinkt, viel gegenwärtiger als damals. Mein Vater ist tot, Andrjuschas Vater ist tot, ich sehe, wie die Nachwelt die Geschichte umschreibt. Vor einem Jahr hörte ich Radio im Frühstücksraum eines Dresdener Hotels. Das war am 22. Juni, am Jahrestag des deutschen Angriffs auf Russland. Der Sprecher sagte, die Russen beharrten immer noch darauf, dass ihr Land an diesem Tag von Deutschland angegriffen worden sei. Nachmittags standen Andreas und ich im Zwinger vor der Sixtinischen Madonna Raffaels, ich erzählte Andreas, wie mein Vater 1955 nach Moskau reiste, einzig um das Meisterwerk zu sehen, bevor es von der (nicht mehr existierenden) Sowjetunion an die (nicht mehr existierende) Deutsche Demokratische Republik zurückgegeben wurde. Das Gemälde, von dem mein Vater jahrzehntelang mit Hochachtung sprach und das seinerzeit Dostojewski bis zur Ohnmacht beeindruckte, hat mich enttäuscht. Ich sagte Andreas: »Die Sieger schreiben die Geschichte. Doch die Geschichte Russlands schreiben die Besiegten.« »Ja, ja«, lachte Andreas, »der Große Vaterländische Krieg unter Führung des Großen Väterchens Stalin.« »Quatsch«, sagte ich, »weißt du, was ich vor kurzem begriffen habe? Als Deutschland uns angriff, standen die Männer aus guten Familien, die noch vor der Revolution erzogen worden waren, vor der Alternative: einerseits muss ein Mann das Vaterland verteidigen, andererseits ist es eine Schande, für die Bolschewisten zu kämpfen. Die kurz nach der Revolution Geborenen wussten meistens nur von der Pflicht. Und wir wissen wahrscheinlich von gar nichts.« »Aber das ist gut so«, Andreas lachte wieder, »sonst würden sich heute meine Landsmänner auf den Rachezug vorbereiten und nicht bloß die Lehrbücher umgestalten wollen.«

Gut, Katharina, ich erzähle deinem Verein vom Blockade-Winter Leningrads. Charms war tot, Wwedenskij war tot, Olejnikow war tot. Dein Vater, Andreas, stand vor den Toren Leningrads und fror höllisch. Er steckte sich eine Zigarette an. »Du Idiot, in der Nacht raucht man nicht. Sie werden uns sehen und beschießen«, schimpfte sein Grabennachbar. Der Vogel des Schreckens, ein grauer Papagei, flog über das dunkle Leningrad, alle Turmspitzen und Kirchenkuppeln waren in

Tarnhüllen eingewickelt, wie ein halbes Jahrhundert später der Reichstag durch den Künstler Christo (ich war gerade in Berlin, im Sommer 1995, Andreas machte mich mit seiner Frau, Sabine, bekannt, und wir haben das Verhüllungsschauspiel zusammen bewundert).

Sisyphusarbeit

5. Jh. v. Chr. • 1453 • 1529 • 1714 • 1717 • 1787 • 1871 • 1917-1933-1934-1937-1941-1942-1943-1944-1945 • 1955 • 1973 • 1976 • 1982 • 1986 • 1987 • 1988 • 1989 • 1990 • 1991 • 1992 • 1995 • 2001 • 2002 • 2005 • 2006

Und nun erzählt das zierliche (ausgezehrte) Mädchen im Palast mit den Säulen aus rotem Schnitzlack, die an Antonias Armbänder denken lassen, von dem unreflektierten Blockade-Mond über den Turmspitzen und Kirchenkuppeln, die verhüllt waren. Sie ist erst seit kurzem ein Mädchen und hat sich noch nicht daran gewöhnt, dass ihr Lippenstift auf dem Tassenrand rote Spuren hinterlässt, und wischt sie mit ihrem winzigen Daumen nach jedem Schluck weg, bevor sie die winzige, aschgraue Tasse auf das Schnitzlacktischchen stellt. Die vornehme Familie des alten Beamten staunt über die Unmenschlichkeit der Barbaren hinter der Mauer.

5. Jh. v. Chr. • 1453 • 1529 • 1714 • 1717 • 1787 • 1871 • 1917-1933-1934-1937-1941-1942-1943-1944-1945 • 1955 • 1973 • 1976 • 1982 • 1986 • 1987 • 1988 • 1989 • 1990 • 1991 • 1992 • 1995 • 2001 • 2002 • 2005 • **2006**

»Tschüss, Katharina, danke, gerne«, ich beende das Gespräch und bin wieder mit Fjodor im Frühstücksraum. Eine junge Frau am Nebentisch, die sich noch nicht damit abgefunden hat, dass ihr Lippenstift auf dem Rand ihrer Tasse Spuren hinterlässt, wischt sie mit dem Daumen (Nagellack im Ton des Lippenstiftes) weg. Mit dem nächsten Schluck ist ihre Unterlippe wieder am Porzellan.

»Gehen wir«, sagt Fjodor, »sonst verpassen wir den Zug.«

VI

Kinematografisch

5. Jh. v. Chr. • 1453 • 1529 • 1714 • 1717 • 1787 • 1871 • 1917-1933-1934-1937-1941 1942-1943-1944-1945 • 1955 • 1973 • 1976 • 1982 • 1986 • 1987 • 1988 • 1989 • 1990 • 1991 • 1992 • 1995 • 2001 • 2002 • 2005 • **2006**

Der Morgen geht langsam in den Mittag über. Es nieselt, die Sonne ist aber auch da, etwas vom Wasserstaub gedämpft. Wir haben schwarz-rot-gelbe Schirme, ein Geschenk des hiesigen Deutsch-Russischen-Vereins (danke, Katharina). An uns vorbei fahren gerade zwei Radfahrer, ein Mädchen und ein Junge, sie halten sich an der Hand, jeder hat nur eine Hand am Lenker, das Bild wird immer hübscher in der vom Sonnenregen gesplitterten Perspektive der Bahnhofstraße. »Schau«, sagt Fjodor, »wie kinematografisch. Weißt du noch, alle Filmemacher in den 50ern filmten Radfahrer. Lauter Radfahrer.« Ich kann mich an kein konkretes Kinorad erinnern. Aber das stimmt: Radfahrer schaffen einen Raum um sich, modeln eine atmosphärisch perfekte Form. Heute wäre ein vergessenes Handy, das vergeblich auf einer Parkbank oder auf einem Autositz klingelt, so eine universelle Hieroglyphe der Zeit. Wo singt dein Taschentelefon, Andreas?

Im Zug

5. Jh. v. Chr. • 1453 • 1529 • 1714 • 1717 • 1787 • 1871 • 1917-1933-1934-1937-1941-1942-1943-1944-1945 • 1955 • 1973 • 1976 • 1982 • 1986 • 1987 • 1988 • 1989 • 1990 • 1991 • 1992 • 1995 • 2001 • 2002 • 2005 • **2006**

Fjodor klappt das Buch zu (er nahm als Reiselektüre »Wahlverwandtschaften« mit, er wollte in Deutschland etwas Deutsches lesen) und sagt entschieden: »Mach das nicht, Marina. Bei denen war das genauso.« Und Fjodor erzählt mir auf seine Weise die Geschichte, die ich fast vergessen habe: von zwei nicht mehr so jungen Menschen, die einst ineinander verliebt waren, sich getrennt und jeweils andere geheiratet haben, verwitwet sind (»verstehst du, es war damals nicht so einfach mit der Scheidung, also tötete Goethe die Ehepartner der beiden«) und einander nach Jahren wieder getroffen haben, all das, um eine Ehe zu schließen, die in eine Katastrophe münden würde.

Glück-Leid-Verhältnis

5. Jh. v. Chr. • 1453 • 1529 • 1714 • 1717 • 1787 • 1871 • 1917-1933-1934-1937-1941-1942-1943-1944-**1945** • 1955 • 1973 • 1976 • 1982 • 1986 • 1987 • 1988 • 1989 • 1990 • 1991 • 1992 • 1995 • 2001 • 2002 • 2005 • **2006**

Nicht, dass ich nicht daran gedacht hätte …

… Aus einem mir nicht ganz klaren Zusammenhang heraus erzähle ich Fjodor darauf von meiner Großmutter – nicht von der aus dem Geschlecht der ägyptischen Gottheiten mit der Falkennase, von der anderen, der mit den Kornblumenaugen und der Stupsnase eines Dorfmädchens von den mittelrussischen Hügeln. Ihr Mann konnte sie mit zwei kleinen Kindern aus dem belagerten Leningrad aufs Land schicken; er selbst blieb und starb an Hunger. Mitte dreißig begegnete sie einem Offizier, der alle Seinen im Krieg verloren hatte (verloren glaubte). Der Hochzeitstag war bereits bestimmt, als seine Familie sich über das Rote Kreuz meldete. Er wollte sich scheiden lassen, verliebt in die Kornblumenaugen meiner Großmutter. Sie sagte: *Geh, die da haben auf dich gewartet.* Seitdem war sie immer allein. Heute, da weder sie noch er noch seine unverhofft aufgetauchte Frau am Leben sind, ist es aus Sicht der kosmischen Harmonie egal, welche Frau einen Mann bekam und welche nicht: das allgemeine Glück-Leid-Verhältnis bleibt gleich (egal, welches Los wir als Glück und welches als Leid betrachten).

»Fjodor«, sage ich, »ich weiß es nicht.«

»Fjodor«, sage ich, »genauso wie das von außen unsichtbare Skelett den Körper zusammenhält, wird das Los eines

Menschen von einem von innen unsichtbaren Gerippe bestimmt.«

»Klar«, sagt Fjodor.

Das Alter

5. Jh. v. Chr. • 1453 • 1529 • 1714 • 1717 • 1787 • 1871 • 1917-1933-1934-1937-1941-1942-1943-1944-1945 • 1955 • 1973 • 1976 • 1982 • 1986 • 1987 • 1988 • 1989 • 1990 • 1991 • 1992 • 1995 • 2001 • 2002 • 2005 • **2006**

Meine beiden Großmütter – nachdem ihre Personalpapiere während des Zweiten Weltkrieges abhanden gekommen waren, und auch die Ämter, in denen sie registriert gewesen waren, die Bombardements nicht überstanden hatten – ließen sich bei Erstellung der neuen Geburtsurkunden und Pässe ein paar Jahre abschreiben. Am Ende wussten sogar ihre Kinder nicht, wie alt die alten Damen wirklich waren, *Großmama wurde neunzig, oder nein, sechsundachtzig, oder doch dreiundneunzig?* (Wenn ich von meinen Großmüttern erzähle, sagt mir manchmal ein Gesprächspartner: *Oh! Genau wie bei meiner Oma!*) Was wollten sie damit erreichen? Die einzige Folge war, dass sie verspätet in den Genuss ihrer Rente kamen.

»Wie misst man das Alter, weißt du das, Fjodor?«

»Klar doch, mit der Anzahl der Optionen, die du noch hast, das steht bei mir, weißt du nicht mehr, Marina, in ›Aus dem Leben eines Apothekers‹?«

Aus dem Leben eines Apothekers (I)

1.
Es kommt ein Tag und du begreifst: du wirst nie das Amazonasbecken erforschen, nie Kanu fahren, nie ein Quechua-Mädchen vor einem Alligator retten und sie entführen,

2.
das nicht,

3.
du wirst dich stattdessen in deiner Heimatstadt zu einem Apotheker ausbilden lassen …

4.
… du wirst nie Spanisch lernen …

5.
du hast den Augenblick verpasst, die Ausbreitung deiner Glatze zu stoppen …

6.
… und jeder Tag bringt das Verschwinden einer hypothetischen Möglichkeit,

7.
bis nur eine Möglichkeit bleibt …

Aus dem Leben eines Apothekers (II)

1.
Es kommt ein Tag und in deiner Heimatstadt wird ein kleiner Indianerstamm auf dem Platz am Ende der Verkaufsstraße auf seinen Bambusflöten spielen,

2.
du wirst mit einem Indianer-Mädchen sprechen, das seine auf dem Trommel-Tischchen ausgelegten CDs verkauft; sie sagt,

3.
sie singe abends im Jazzclub mit einer Folkjazzgruppe und du seiest herzlich eingeladen,

4.
die träge Zeitschicht wird von deinem Leben abgekratzt, als hättest du all die Jahre den Traum gepflegt, dich in ein Indianer-Mädchen zu verlieben, als wären diese zwanzig Jahre nicht gewesen, als wärst du noch nicht Apotheker geworden …

Mach das nicht

5. Jh. v. Chr. • 1453 • 1529 • 1714 • 1717 • 1787 • 1871 • 1917-1933-1934-1937-1941-1942-1943-1944-1945 • 1955 • 1973 • 1976 • 1982 • 1986 • 1987 • 1988 • 1989 • 1990 • 1991 • 1992 • 1995 • 2001 • 2002 • 2005 • **2006**

Stehe ich nicht, stehst du, Andreas, nicht vor der Möglichkeit, die wir vor zwanzig Jahren verpasst haben? Sind wir deshalb so voneinander angezogen, weil wir – wenn wir diese Möglichkeit jetzt erwägen – das Gefühl haben, dass die träge Zeitschicht von unseren Leben abbröckelt? Wird das aber nicht eine endgültige Unfreiheit sein? Endgültig keine Wahl mehr? Sieht das vielleicht der nun dösende Fjodor mit seinem »Mach das nicht« richtig?

ich kann noch das Land wechseln

ich werde nie mehr meinen Vater sehen

ich kann noch eine Familie gründen und ein lautes fröhliches Haus haben, wie meine Freundin Lisa es hat

ich werde nie eine Tänzerin

ich kann noch Professorin werden

ich werde nie die Freiheit besitzen, die die Eremiten, Landstreicher, wandernden Mönche, mit der Leere sprechen könnenden Buddhisten und deren Nachahmer, die *bums on the road*, haben (in ihrer anderen Unfreiheit, denn für sie gibt es wahrscheinlich keinen Weg zurück), ich werde nie alles liegen lassen und mir diese Freiheit nehmen, wie ich es nur ein Mal doch zu versuchen bereit war.

Bums on the Road

5. Jh. v. Chr. • 1453 • 1529 • 1714 • 1717 • 1787 • 1871 • 1917-1933-1934-1937-1941-1942-1943-1944-1945 • 1955 • 1973 • 1976 • 1982 • 1986 • 1987 • 1988 • **1989** • **1990** • **1991** • 1992 • 1995 • 2001 • 2002 • 2005 • **2006**

Nachdem Andreas mir am Telefon gesagt hatte, dass er heiraten werde, wusste ich nicht recht, was ich mit meinem Leben machen sollte. Ich habe mein Studium erfolgreich abgeschlossen, das Thema meiner Doktorarbeit war interessant, mein Doktorvater war sehr aufmerksam – so habe ich das Leben einfach fortgesetzt, bis ich eines Tages das Gefühl hatte: so geht es nicht weiter. Ich warf ein paar Jeans und alle T-Shirts, die ich hatte, in eine große Tasche, borgte bei meiner Schulfreundin Lisa etwas Geld, sagte meinen Eltern, dass ich die Semesterferien mit Lisa bei ihren Verwandten in Moskau verbringen würde, und machte mich auf den langen Weg zum Baikalsee, nach Sibirien, nach Burjatien, zum Dazan, dem buddhistischen Kloster.

Der riesige Kopf

5. Jh. v. Chr. • 1453 • 1529 • 1714 • 1717 • 1787 • 1871 • 1917-1933-1934-1937-1941-1942-1943-1944-1945 • 1955 • 1973 • 1976 • 1982 • 1986 • 1987 • 1988 • 1989 • 1990 • **1991** • 1992 • 1995 • 2001 • 2002 • 2005 • **2006**

Mascha und Mischa lebten in Ulan Ude, Burjatiens Hauptstadt. Als sie einmal bei mir übernachteten (aus demselben Hippie-Kontaktnetz herangetrieben, in dem wir für unsere Mittelasienreise die Bergimkerei gefunden hatten), erzählten sie vom Dazan. Ich wollte es unbedingt sehen und folgte ihrer Einladung (anders als geplant: ohne Andreas). Die überall gleiche sowjetische Architektur, in ihrer Gleichheit gespenstisch, verdrängte in Ulan Ude die gediegenen und adretten Holzhäuser der alten Stadt, die bis 1934 Werchneudinsk hieß und sogar ein paar Jahrzehnte früher gegründet worden war als St. Petersburg. Ein gigantischer Lenin-Kopf hing über dem Hauptplatz: siebenmal größer als ein durchschnittlicher Mensch (im gleichen Jahr erbaut wie der Karl-Marx-Kopf in Chemnitz (der dort ist allerdings nur dreieinhalb Menschen groß, habe ich gehört)). Nicht ganz geheuer war mir, als wir unter seinem riesigen Kinnbärtchen standen und Mischa mir vom burjatischen Schamanismus erzählte, der nicht restlos von den buddhistischen Mönchen, den russisch-orthodoxen Popen und später den sowjetischen Aufklärern ausgerottet worden war.

Margo, dein dunkelgoldenes Haar …

5. Jh. v. Chr. • 1453 • 1529 • 1714 • 1717 • 1787 • 1871 • 1917-1933-1934-1937-1941-1942-1943-1944-1945 • 1955 • 1973 • 1976 • 1982 • 1986 • 1987 • 1988 • 1989 • 1990 • **1991** • 1992 • 1995 • 2001 • 2002 • 2005 • **2006**

Das reguläre (sichere) sowjetische Elend (das es fast nicht mehr gab) erlaubte überall in der Provinz, dass man in den Geschäften einiges kaufen konnte und einiges nicht. Man konnte kaufen: Seife, Nudeln, Brot, Sonnenblumenöl, Salz, Zucker, billige Fischkonserven, Marmeladengläser. Andere Lebensmittel konnte man nur bedingt, mit großem Glück, kaufen, wie: Butter, Käse, Fleisch, Wurst, Orangen, Schokolade. In all dem war eine gewisse Stabilität, die es zur Zeit meiner Sibirienreise nicht mehr gab. Unterwegs (per Anhalter, die Lastwagenfahrer hörten meinen Geschichten vom Kloster zu und dösten ein wenig am Steuer; wenn ein Fahrer mir für die Klosterstory zu einfach oder zu gefährlich vorkam, sagte ich, ich wolle von einem Städtchen in der Gegend in ein benachbartes Dorf, meine Eltern besuchen, und die argwöhnische Frage, in welcher Straße ich in diesem Städtchen lebte, beantwortete ich kaltschnäuzig mit Leninstraße; manche Strecken fuhr ich mit einem Regionalbus oder mit dem Zug), unterwegs also kaufte ich mir in den Läden einfaches Essen wie Zwieback oder Brot und Marmelade; an den Bahnhofplätzen verkauften Frauen in weißen Kitteln warme Pasteten mit Reis, in den Dörfern wurden von Frauen in buchweizenfarbenen Röcken und Jacken Zirbelnüsse (*etwas runder als Pinienkerne, weniger harzig*, so beschrieb ich sie später Andreas) und eine Art Kaugummi feilgeboten – zigarettenlange Stäbchen aus Zirbelharz. In einem Zug traf ich Margo, die Zigeunerin, die gerade Lust hatte, ihr Heimatstädtchen zu besuchen. Sie nahm mich für einen großen Wegabschnitt mit. Ich kannte sie ein bisschen von einer Hippie-Kommune in Estland. Schon beim ersten Mal faszinierte sie mich mit der Selbstverständlichkeit ihres Vagabundierens, mit der Häuslichkeit, mit der sie in einer Schüssel ihre Wäsche wusch, mit der sie aus Nichts ein Essen bereiten konnte, mit der sie einen Passanten nach etwas Kleingeld fragte. Sie hatte dunkelgoldenes gelocktes Haar, mindestens dreißig Perlenglasketten über dem mit blauen Röschen (eigenhändig) bestickten T-Shirt und konnte aus der Hand lesen (*du wirst, Marina, immer haben, was du willst*). Alle wollten all das mit ihrem Zigeunertum erklären, doch ihre Eltern und Brüder und Onkel und Tanten waren sesshaft und gehörten in ihrem Städtchen zur Parteiobrigkeit. Sie konnte in jedem Ort sofort eine kommunale Badeanstalt finden, ihre hygienischen Vorstellungen waren kompromisslos (für mich war das Nomadenleben ein Ausnahmezustand, deshalb konnte ich mich in mir – wie eine Schnecke – verkriechen und mir sagen: *Ok, wenn alles vorbei ist, dann werde ich mich wieder jeden Morgen und jeden Abend duschen*). Ihre langen Nägel waren sauber und hellrosa gefärbt; wenn wir von der Landstraße in eine Stadt kamen, nahm sie aus ihrem Rucksack Stöckelschuhe heraus. Als unsere Wege sich trennten (wir hatten ihr Städtchen erreicht, ihre Eltern luden mich ein, den Sommer bei ihnen zu verbringen, ich musste aber weiter), schenkte sie mir ein Päckchen Zwieback, das sie in einem Dorfladen geklaut hatte, und eine ihrer Glasperlenketten.

Ein Entlaufener

5. Jh. v. Chr. • 1453 • 1529 • 1714 • 1717 • 1787 • 1871 • 1917-1933-1934-1937-1941-1942-1943-1944-1945 • 1955 • 1973 • 1976 • 1982 • 1986 • 1987 • 1988 • 1989 • 1990 • **1991** • 1992 • 1995 • 2001 • 2002 • 2005 • **2006**

Mascha und Mischa teilten mit Maschas Eltern eine Dreizimmerwohnung in einem vierstöckigen Haus. Sie hatten Verwandte auf dem Land, dort gab es eine Kuh und Hühner. Als ich endlich bei Mascha und Mischa war, kam Maschas Mutter gerade von dort und brachte Milch, Butter, Zwiebeln, Kartoffeln und Eier. Sie erzählte, dass sie im Haus ihrer Schwester von einem entlaufenen Sträfling überrascht worden war: Sie wollte gerade den Teekessel vom Herd nehmen, da kam er, ein kleines Männlein, dürr und zahnlos, und flüsterte *Sei still, ich tu dir nichts.* »Und?« fragte Mascha. »Nichts *und*«, sagte Maschas Mutter. Das hieß, er nahm so viel Essen, wie er tragen konnte, Streichhölzer noch, wusch sich Gesicht und Nacken und ging. Wir saßen am Küchentisch und schwiegen. Maschas Mutter briet Kartoffeln, sie war in Hippie-Kreisen dafür berühmt, dass sie Kartoffeln so mit Zwiebel zu braten wusste, dass man darin den Geschmack von Fleisch wahrzunehmen glaubte. Mascha erzählte, dass die burjatischen Buddhisten Fleisch essen, wegen der Kälte könne man das hier nicht verbieten.

Großes Glück, dass Maschas Mutter vom Entlaufenen am Leben gelassen worden war (*du, Marina, hattest auch Glück, dass du es per Anhalter bis hierher geschafft hast*). Sibirien war voll von Lagern, niemand wusste genau, wo welche Lager waren, und entsprechend wimmelte es von entlaufenen Streunern.

Dazan, das buddhistische Kloster

5. Jh. v. Chr. • 1453 • 1529 • 1714 • 1717 • 1787 • 1871 • 1917-1933-1934-1937-1941-1942-1943-1944-1945 • 1955 • 1973 • 1976 • 1982 • 1986 • 1987 • 1988 • 1989 • 1990 • **1991** • 1992 • 1995 • 2001 • 2002 • 2005 • **2006**

Am nächsten Tag fuhren wir zu Iwolginskij Dazan, dem damals einzigen offiziellen buddhistischen Kloster, es gebe (sagte Mascha) noch illegale, aber Fremde waren dort verständlicherweise nicht willkommen. Wir gingen über die nicht sehr breite staubige Landstraße. Ein muskulöser Mönch in blutorangenfarbenem Gewand auf einem breitbrüstigen Pferd sprengte an uns vorüber – beide hatten das zornige Gesicht eines buddhistischen Fabelwesens. So schnell war ihre Bewegung, dass sie einer in einer anderen Dimension erstarrten tibetischen Skulptur ähnelten: einem Yamantaka hoch zu Büffel, dem Yamantaka, der eine zornige Emanation Buddhas ist, dem Yamantaka, der in seinem Zorn den Todesgott Yama unterworfen hat; einer Gottheit mit abschreckend rollenden Augen, feueratmenden Nüstern und lachenden Wangen. Die Staubkugel stand noch eine Weile in der heißen Luft des sibirischen Hochsommers.

Wir gingen weiter, bis wir das Gelände des Dazans erreichten. Es war sehr still; das leise Geklirr schien nicht von den vom Wind berührten Glöckchen auszugehen, sondern strömte aus der inneren Stille dieses Ortes. Hell und bunt war der pagodenartige Tempel, die blau, grün, gelb und rot bemalten Tierplastiken schienen lautlos zu lachen, über die Profanen zu lachen, die diesen in sich geschlossenen Ort aufsuchten, um was eigentlich zu finden?

Mischa und Mascha sprachen mit einem bekannten Mönch, der neben einem der kleinen hölzernen Häuschen im Klosterhof saß. Ich schwieg. Ich wollte nach dem unverweslichen Lama fragen, aber Mascha sagte mir noch in der Stadt, dass man darüber mit den Fremden ungern spricht. Das bedurfte keiner weiteren Erläuterungen, denn einerseits wurde das Kloster nach dem Zweiten Weltkrieg eröffnet, es wird angenommen, dass Stalin (der während des Krieges den Geistlichkeiten aller Konfessionen befohlen hatte, für den Sieg zu beten) nach dem Krieg den Kirchen danken wollte, dass sie ihm den Sieg herbeigebetet hatten, und den Atheismus ein bisschen lockerte. Andererseits wusste das kollektive Gedächtnis noch von vielen in den 1930ern zerstörten Dazans und verhafteten und in die Lager gesteckten Lamas.

Der unverwesliche Lama

5. Jh. v. Chr. • 1453 • 1529 • 1714 • 1717 • 1787 • 1871 • 1917-1933-1934-1937-1941-1942-1943-1944-1945 • 1955 • 1973 • 1976 • 1982 • 1986 • 1987 • 1988 • 1989 • 1990 • **1991** • 1992 • 1995 • 2001 • 2002 • 2005 • **2006**

Wie ein stiller, aber beständiger Wind strich über das Land das Gerücht, es gebe hier an einem geheimen Ort in einem zirbenen Sarg den lebendigen Körper eines gestorbenen Lamas. Er soll Ende der 20er Jahre im Lotussitz seinen Schülern befohlen haben, ihn im zirbenen Sarg zu begraben und das erste Mal nach dreißig Jahren, das zweite Mal nach weiteren dreißig Jahren und schließlich nach einer Hälfte von dreißig Jahren wieder auszugraben – er soll versprochen haben, zurückzukommen. Lebend (?) zurückzukommen. Es gebe einige alte Burjaten, die an beiden vorigen geheimen Ausgrabungen teilgenommen hätten; sie wüssten, an welchem Ort der Lama im zirbenen Sarg im Lotus sitze. In etwa zehn Jahren werde man ihn das letzte Mal herausholen müssen, so hat es mir Mascha damals erzählt.

Wir erstiegen einen Hügel. Kleine unbekannte Blumen, hohe Zirben, ein gestreiftes Hörnchen huschte durchs Gras (*Burunduk*, sagte Mascha, aber ich wusste das selbst noch aus einem Bilderbuch, denn so weit zurück lag meine Kindheit noch nicht, und ich freute mich, das Tier nun in Fleisch und Blut zu sehen). *Wo sitzt der Lama im Lotus? Kann überall sein*, dachte ich und hängte an einen Heckenkirschstrauch mit Beeren in der Farbe der Gewänder hiesiger Lamas die gleichfarbige Glasperlenkette, die mir Margo zum Abschied geschenkt hatte (nicht, dass sie mir nicht gefiel, das war die schönste Kette, die ich je gesehen hatte – eine Opfergabe? Für wen?).

Entweder wegen einer schlaflosen Nacht (in Gesprächen und Spaziergängen mit Mascha und Mischa verbracht) oder unter der Wirkung des Trankes, den Mischa aus Schamanenkräutern kochte (auf keinen Fall war er einverstanden, das Gebräu als Droge zu betrachten), wurden die Bestandteile des Waldes plötzlich voneinander abgetrennt: Zirbennadel, Burunduk-Hörnchen, einzelne Glasperlen, Mascha, Mischa und die Flicken des Himmels zwischen den Ästen – sie kreisten um sich, nicht mehr zusammenhängend – in der Luft schwebende Gebetstrommeln. Leuchtende Punktierfäden durchnähten den Wald in Heftstich. (»Was ist das?« fragte ich Mischa. »Die Fäden sind die Lebenskraft der Schamanen; das Getrenntsein aller Dinge ist der Zustand deines Bewusstseins«, erklärte er. Mascha lächelte. Aber ihr Gesicht war unbeweglich: Ihr Lächeln kreiste im Himmel unter den funkelnden Zirbennadeln, eine Grinsekatze ohne Grinsen.)

Schwanensee

5. Jh. v. Chr. • 1453 • 1529 • 1714 • 1717 • 1787 • 1871 • 1917-1933-1934-1937-1941-1942-1943-1944-1945 • 1955 • 1973 • 1976 • 1982 • 1986 • 1987 • 1988 • 1989 • 1990 • **1991** • 1992 • 1995 • 2001 • 2002 • 2005 • **2006**

Als wir zurück in der Stadt waren, wartete Maschas Mutter mit der Kunde auf uns, dass das Fernsehen Tschaikowskys Ballett »Schwanensee« übertrage, was in unserem Land immer (seit Erfindung des Fernsehers) bedeutete, dass etwas Ernstes passiert und *die da* nicht wissen, was sie dem Volk sagen sollen. »Aber nein, Mama, ich habe ›Schwanensee‹ im TV-Programm gesehen, man zeigt ihn ausnahmsweise planmäßig«, Katja sprach mit ihrer Mutter immer leicht ungeduldig. »Aber nicht in allen Sendern«, Katjas Mutter lächelte triumphierend und hatte recht: es war der Beginn des Putsches, der 19. 08. 1991 (ein Alchemist würde wahrscheinlich wissen, was all die 9 und 1 und ihre Differenz in der Mitte bedeuten). »Alles für die Katz«, dachte ich und eilte zum Bahnhof (waren »für die Katz« meine Überlegungen, ob ich mich hier niederlassen sollte? War »für die Katz« der knackende Zeitbruch, der die Bevölkerung des riesigen Landes aus den Fugen riss? War »für die Katz« meine geplante erste Deutschlandreise?). Mischa und Mascha meinten, ich solle lieber warten. Unterwegs zum Bahnhof erzählte mir Mischa von der Prophezeiung eines der hiesigen Schamanen: Unsere Welt gelange bald an ihr Ende und eine völlig neue Zivilisation trete dann an ihre Stelle: die Menschen dieser neuen Dimension würden klein wie Tannenzapfen sein und die Pferde nicht größer als Burunduks. Das werde eintreten, wenn eiserne Schlangen kriechen, eiserne Fische schwimmen und eiserne Vögel fliegen. »Mischa, mein Lieber, die eisernen Geschöpfe machen all das nicht erst seit gestern!«

Mascha teilte Mischas Begeisterung für die Schamanen nie. Ich suchte nach einem Kompromiss: »Wir können nicht sicher sein, ob diese Prophezeiung schon erfüllt ist: Wenn alles gleichzeitig schrumpft, wie würden wir das merken?« Die Rückfahrt dauerte fünf Tage. Als ich wieder zu Hause war, war alles schon vorbei.

Nur über den Plätzen Leningrads (nicht lange mehr, zwei Wochen später waren sie bereits zu Plätzen Petersburgs geworden) hingen unsichtbare, aber spürbare Ballons, die mit der Begeisterung der siegenden Massen gefüllt waren, aber einen Teil ihrer Füllung bereits verloren hatten und nicht mehr nach oben strebten, sondern, schon etwas schlapp, in der Luft standen und eine gewisse Neigung zum Sinkflug aufwiesen – – –

Originale und Kopien

5. Jh. v. Chr. • **1453** • **1529** • 1714 • 1717 • 1787 • 1871 • 1917-1933-1934-1937-1941-1942-1943-1944-1945 • 1955 • 1973 • 1976 • 1982 • 1986 • 1987 • 1988 • 1989 • 1990 • 1991 • 1992 • 1995 • 2001 • **2002** • 2005 • **2006**

(Derartige Begeisterungskugeln habe ich später einmal auf dem Petersplatz in Rom zu spüren geglaubt. Vor vier Jahren. Andreas war gerade frisch geschieden. Und ich hielt in Berlin einen Vortrag. Es war auch mein (zweiunddreißigster) Geburtstag. Andreas schenkte mir ein Wochenende in Rom. Er hatte zwei Zimmer bestellt. Und wir blieben tatsächlich in zwei getrennten Zimmern (wollte Andreas das so? War diese Einladung wirklich eine rein freundschaftliche Geste? Oder hatte Andreas damals schon vor, den vor fast fünfzehn Jahren liegen gelassenen Anfang wieder aufzugreifen, und konnte sich nicht entschließen (denn jeder normale Mann hat Angst vor der Frau, die ihm gefällt)? Jetzt weiß ich, wie dumm diese Frage ist, damals war ich mir in der Tat ziemlich unsicher. Ich war neugierig, ein bisschen angespannt, aber nicht wirklich, ich meine, es war kein Vergleich mit diesem Gefühl, das mir seit einem Jahr sagt, und auch jetzt sagt, es gebe nichts Wichtigeres auf der Welt als die mit Andreas verbrachten Stunden. Andreas wollte unbedingt den Papst sehen, der am Sonntag einige neue Heilige ernennen sollte, vor der jubelnden Menge, aber wir frühstückten zu lange, weil er mir seine Ehe zu erzählen versuchte, und was sein Fehler war und was der von Sabine (ich nickte aufmerksam und mitfühlend, verstand aber wenig, besser gesagt, nichts). Im Aufstehen stieß ich meine Sonnenbrille versehentlich vom Tisch, sie blieb auf den Pflastersteinen liegen, wie eine an der Taille zerschnittene Riesenameise. Der ehrliche Andreas weigerte sich, bei Straßenhändlern eine falsche *YSL, CD* oder *D&G* zu kaufen; ein passendes Geschäft zu finden, erwies sich aber als überraschend schwierig. Als ich meine neue Sonnenbrille aufsetzte, trat plötzlich mein Moskauer Bekannter, der Prosaiker Nikolaj, ins durch die mildtätigen Gläser gedämpfte Bild:

»Ich lade euch zum Kaffee ins ›Greco‹ ein, ich habe hier gestern einen Preis für das beste ausländische Buch bekommen.«

Der arme Andreas; es wäre doch äußerst unhöflich gewesen, die Einladung abzulehnen. Wir suchten uns im Caffè Greco den Tisch aus, über dem Nikolaj Gogols zartes Gesicht, einem rotwangigen ukrainischen Mädel mit Schnurrbärtchen ähnelnd, von der Wand herablächelte.

»Schau, Kolja«, ich erzählte dem Prosaiker Nikolaj, wie seltsam mir der Besuch in den Vatikanmuseen vorgekommen war, »verstehst du, als Kind habe ich oft die Schule geschwänzt, um die Eremitage zu besuchen. Raffaels Loggien, warst du dort bei uns? Der lange Gang mit den unnatürlich hübschen Pflanzen, Früchten und Tieren. Du weißt ja, in Rom haben sie Neros Goldenes Haus im 15. Jahrhundert ausgegraben und dort solche Bilder gefunden, die Grotesken, die sofort Mode wurden. Raffael zwang ihre Doppelgänger in die Loggien des Vatikan. Und die von Raffael befahl später Katharina die Große zu wiederholen, für sich in der Eremitage. Der Gang war immer leer, die in Raum und Zeit verlorene Stille, schweigende Paradiesvögel an den Wänden, in den großen Fenstern das graue, nasse Petersburg. Und nun bezeugen mir Raffaels Loggien im Vatikan, die Originale also, die ganze Unechtheit meiner Raffael-Loggien in der Eremitage. Verstehst du, als hätte mir jemand sanft meine Heimat genommen. Als ich hier die Originale meiner Kopien sah, weißt du, Kolja, das ist so, ich meine, die

Welt, in der wir aufgewachsen sind, ist so, als – stell dir vor: Wie hätten die Westeuropäer gelebt, zu was wären sie geworden, hätten die Türken zu der Zeit, als Italiens Boden auf der Suche nach antiken Plastiken durchgewühlt wurde, nicht Konstantinopel, sondern Rom erobert? Und über Konstantinopel wäre nur das lautlose Geräusch geblieben, wie es bis heute über Wien hängt: Wenn du in Wien eine Weile still stehst und über das Getümmelgemurmel hinweg lauschst, wirst du das mit zarten slawischen Flüchen gemischte, feine Getrappel der osmanischen Reiterei hören und das sanfte Geraschel des Goldenen Horns. Sie, die Westeuropäer hätten dann keine Antike, weder Laokoon noch Raffaels Loggien, sie hätten dann mit der byzantinischen Kunst vorliebnehmen müssen, die sie bei uns hätten einholen und kopieren müssen.«

Diesem mit sinnloser Aufregung gesprochenen Monolog hörte Nikolaj mit einfühlsamer Miene zu (zwei Jahre später schenkte er mir seinen neuen Roman, in dem das Thema »Originale in Rom – Kopien in Russland« auftaucht: Eine ulkige Lehrerin führt ihre Schulklasse durch das Puschkinmuseum in Moskau, zeigt die gefälschten Plastiken und seufzt: *Das sind Kopien, ach, wie gerne würde ich die Originale zu Gesicht bekommen, und sei es für ein Sekündchen!* Und dieselbe Lehrerin wird mit Originalen beglückt, im Paradies, wo der gutherzige Nikolaj sie nach ihrem Tod logieren lässt, einem Paradies, das wie Rom aussieht. »Na ja, so sind die Moskauer«, hat mir Fjodor gesagt. »Ich weiß nicht, Fjodor«, habe ich geantwortet, »warum er das geschrieben hat: Hat er mich so missverstanden oder weiß er, dass man in den Büchern besser nicht von den komplizierten Sachen schreibt?« Aber Fjodor meinte: »Marina, wenn du sprichst, versteht manchmal sowieso keiner etwas.«)

Nikolaj Gogols Krähen-Gesicht unter dem glatten fettigen

Haar lächelte während meines mit sinnloser Aufregung gesprochenen Monologs. Während Andreas alle naselang auf seine Uhr schaute. »Mach's gut, Namensvetter«, verabschiedete sich Nikolaj von Gogol.

Als wir endlich auf dem Petersplatz waren, war schon alles vorbei, die Menge ging auseinander, nur unsichtbare, aber spürbare Ballons hingen in der Luft, mit Begeisterung gefüllt, doch sie hatten einen Teil ihrer Füllung bereits verloren, waren etwas schlapp geworden und strebten nicht mehr nach oben, sondern standen in der Luft und wiesen eine gewisse Neigung zum Sinkflug auf. Andreas war sauer und ich sagte ihm, was ich von Massenbegeisterung halte, und er sagte, ich sei arrogant – so verbrachten wir den zweiten Tag in Rom, einem Ehepaar ähnlich, das vom Zusammensein völlig vergiftet ist (Liebesintoxikation) und sich zankt und nicht trennen kann. Mit einer Ausnahme: unterwegs zum Flughafen sagte mir Andreas: »Marina, auch die Bilder im Vatikan sind Kopien. Und die in Neros Haus wahrscheinlich auch. So geht es in der Geschichte. Die deinen in der Eremitage sind nicht schlechter und nicht besser. Vergiss es.«

Flimmernde Maus

5. Jh. v. Chr. • 1453 • 1529 • 1714 • 1717 • 1787 • 1871 • 1917-1933-1934-1937-1941-1942-1943-1944-1945 • 1955 • 1973 • 1976 • 1982 • 1986 • 1987 • 1988 • 1989 • 1990 • **1991** • 1992 • 1995 • 2001 • 2002 • 2005 • **2006**

Als ich aus Dazan nach Leningrad kam, rief Andreas mich an, dass er an uns hier gedacht habe. John rief Antonia an, dass er an uns hier gedacht habe. Pawel sagte: »Ach, wie ich mich jetzt schäme, dass ich der Hysterie nachgegeben habe! Marina, stellen Sie sich vor, Antonia und ich waren gegen die Putschisten demonstrieren. Und wozu? Sie werden sehen, wer das nun alles für sich ausnutzt.« Dann aber schaute Pawel mich aufmerksam an und sagte: »Marina, was haben Sie dort gemacht?«

»Pawel«, sagte ich, »wissen Sie noch: Die Maus im ›Grauen Heft‹ von Wwedenskij? Wwedenskij beginnt mit Äther (›Ich schnupfte Äther im Badezimmer‹), ich habe aber den dann folgenden Text nie mit Äther-Konsum verbunden.«

»Und?« sagte Pawel.

Und ich sagte: »Wenn Wwedenskij sagt: ›Wenn du von der Uhr die Zahlen abwischst‹, ist das eine Ewigkeit früher als die surrealistischen Zifferblätter, von denen die Zeit abtropft. Aber es hat auch nichts mit dem vorzeitlichen Zustand des Bewusstseins zu tun, mit dem vor der Zeitwahrnehmung.«

»Und?« sagte Pawel.

Und ich sagte: »Wenn Wwedenskij sagt: ›dann wird uns vielleicht die Zeit ihren stillen Rumpf zeigen wollen, sich in der ganzen Länge zeigen‹, ahnen wir schon, dass uns schwindlig werden wird, sobald er uns zeigt, was dann kommt, wie dieser stille Rumpf aussieht. Und in der Tat.

Wenn er sagt: ›Lass die Maus über den Stein huschen‹, sind wir noch ahnungslos. Wenn er sagt: ›Du sollst nur jeden Schritt

zählen‹, wissen wir schon, dass von uns Unmögliches verlangt wird, nämlich die Zeit zu bremsen.
Und dann trennt er alle Verbindungen unserer Wahrnehmung, zerlegt die Welt:
›Vergiss nur das Wort *jeden*, vergiss nur das Wort *Schritt*.
Dann wird jeder Schritt von ihr als eine neue Bewegung erscheinen.
Und dann, weil du
– und das ist richtig –
die Empfindung der Ganzheit der Bewegungen verlierst,
als Ganzheit, die du fehlerhaft *Schritt* nanntest
(du hattest Bewegung und Zeit mit dem Raum verwechselt,
du hattest sie falsch übereinander gelagert),
wird die Bewegung, die du siehst, sich zerteilen, wird beinah auf Null reduziert sein.
Da beginnt das Geflimmer.
Die Maus fängt an zu flimmern. Schau dich um:
die Welt flimmert (wie die Maus).‹«
»Und?« sagte Pawel vorsichtig.

Ich erzählte vom Zirbenwald, vom flimmernden Burunduk-Hörnchen, von den Heckenkirschbeeren, von Margos Glasperlen und von den Fetzen des Himmels zwischen den Ästen, wie sie kreisten, voneinander getrennt: in der Luft hängende Gebetstrommeln an leuchtenden Fäden, die den Wald durchblitzten, und von dem unverweslichen Lama.

»Was haben Sie genommen?« Pawel, ganz Sanftmut und Charme, wurde rasend, als ich ihm von dem Trank der Schamanen berichtet hatte.

»Nur Idioten, die ohnehin nichts zu verlieren haben, setzen ihren Intellekt solchen Stoffen aus. Nur Idioten, die keine inneren Interessen entwickeln können! Meinen Sie, Marina, im Ernst, die Buddhisten haben eine bessere Gesellschaft gebaut als sonst jemand? Oder dass sie mehr wissen, dass ihnen Geheimnisse offenbart wurden, die der übrigen Menschheit verborgen blieben? Was hatten Sie dort zu suchen? Und bitte schön, die Schamanen noch dazu! Antonia, du wirst mir immer Bescheid sagen, wenn du Marina einlädst, ich werde dann meine Eltern besuchen gehen. Mich interessieren die Leute nicht, die ihren Verstand verspielen! Sie haben ihr eigenes Leben zu leben, Marina, bitte, lassen Sie diesen Blödsinn sein!«

Bald darauf heiratete ich und begann mein langweiliges erwachsenes Leben zu leben (bis ich mich (wieder bald) scheiden ließ. Es war nicht einfach, einem Menschen zu sagen, geh, ich kann dich nicht mehr ertragen; zum Glück war mein Mann nicht besonders betroffen, fand eine neue Frau und führt mit ihr sein erwachsenes Leben). Aber *Stoffe* habe ich nie mehr genommen (abgesehen von einem Joint vor einem Jahr in Berlin mit Andreas und John).

Absinth

5. Jh. v. Chr. • 1453 • 1529 • 1714 • 1717 • 1787 • 1871 • 1917-1933-1934-1937-1941-1942-1943-1944-1945 • 1955 • 1973 • 1976 • 1982 • 1986 • 1987 • 1988 • 1989 • 1990 • 1991 • 1992 • 1995 • 2001 • 2002 • **2005** • **2006**

Als ich nach dem Joint auf den riesigen Kissen in Andrjuschas Berliner Wohnung wieder in Petersburg war, war Pawel im Krankenhaus. Auf seinem Bett, viel schmaler als das Bärenfell, waren Bücher übereinander gestapelt. Sogar für seinen mageren Körper blieb kaum Platz. Seine Krankenzimmergenossen gingen, um im Korridor Eurovision zu gucken. Eine Krankenschwester kam und sagte, dass die Bücher auf das Nachttischchen gehörten, am besten aber zu Hause blieben, und die Besuchszeit sei auch längst vorbei. Pawel hypnotisierte sie mit seiner sanften Stimme, sie nahm eine Pralinenschachtel von ihm und ging, glücklich, nicht wegen der Pralinen, sondern weil Pawel sie so liebenswürdig angesprochen hatte. Aber seine Stimme: bevor ich sie so schwach hörte, hatte ich nie daran gedacht, dass Pawel dreißig Jahre älter ist als ich, dass mein Leben in diesem Garten, den Pawel und Antonia (zwanzig Jahre jünger als Pawel) für ihre Freunde pflegen, gefährdet ist (es war das erste Mal, dass ich dachte: *Unfair, alle meine Freunde außer Lisa sind älter als ich*). Pawel schlug eine Zeitschrift auf und las mir vor, wie Oscar Wilde die Wirkung von Absinth beschreibt:

Nach dem ersten Glas siehst du die Dinge so, wie du willst, dass sie sind.
Nach dem zweiten siehst du sie so, wie sie nicht sind. Zuletzt siehst du sie so, wie sie sind, und das ist das Schrecklichste auf der Welt.

Was meinen Sie damit? fragte ihn seine Freundin Ada Leverson.

Sie verlieren ihre Zusammenhänge (I mean disassociated). Nehmen wir einen Hut. Sie glauben, ihn so zu sehen, wie er ist. Tun sie aber nicht: Sie verbinden (associate) ihn mit anderen Dingen und Ideen. Hätten Sie nie zuvor einen Hut gesehen und ihn plötzlich einzeln vor sich, dann hätten Sie vor Angst zusammenzucken oder lachen müssen. So ist die Wirkung von Absinth. Deshalb macht Absinth verrückt.

»Pawel«, sagte ich, »das ist genau so wie bei der flimmernden Maus. Wie im Zirbenwald damals! Kann es sein, dass Absinth dieselbe Wirkung hat wie Schamanenkräuter?«

»Ach wo«, sagte Pawel, »Absinth macht einen zum gewöhnlichen Alkoholiker.«

»Und Oscar Wilde?«

»Er war ein ungewöhnlicher Alkoholiker.«

Was inzwischen mit allen geschah:

5. Jh. v. Chr. • 1453 • 1529 • 1714 • 1717 • 1787 • 1871 • 1917-1933-1934-1937-1941-1942-1943-1944-1945 • 1955 • 1973 • 1976 • 1982 • 1986 • 1987 • 1988 • 1989 • 1990 • 1991 • 1992 • 1995 • 2001 • 2002 • 2005 • **2006**

MARGO ist nun die Bürgermeisterin eines kleinen sibirischen Städtchens (wie ich zufällig einer Fernsehmeldung entnahm: Sie – immer noch mit dem dunklen Gold ihres Haars dunkel strahlend – willigte in den Abriss eines Lenin-Denkmals auf dem Platz vor der Bahnstation ein (eine kleine Protestdemonstration von Frauen in buchweizenfarbenen Röcken und Jacken, Jungs mit Lenin-, Che- und Zar-Nikolaus-II.-Buttons und einem traurigen alten Paar, zwei ergrauten Raben ähnlich, Margos Eltern), an dessen Stelle ein Denkmal für einen Burunduk errichtet werden sollte);

MISCHA leitet ein internationales Forschungszentrum für schamanistische Riten in Sibirien (ich habe einmal die Themenübersicht einer Schamanen-Konferenz für seine Website übersetzt, einer der Programmpunkte war »Reduzierung der Alkoholmenge, die bei den Kulthandlungen verwendet wird«);

MASCHA betreut ein staatliches Projekt für Buddhismusforschung, sie lässt mir Jahrbücher schicken, so weiß ich auch, was mit dem unverweslichen Lama geschah:

DER UNVERWESLICHE LAMA wurde zum dritten Mal ausgegraben (ein alter Burjate kannte noch die Stelle), sein Körper wurde von den aus Moskau angereisten Wissenschaftlern für lebend (und auf keinen Fall mumifiziert) erklärt und das Phänomen für unerklärlich.

Um was zu sagen kam er, der unverwesliche Lama? Nicht nur vom endgültigen, unzweideutigen Tod bekommen wir keine Botschaft. Auch dieser lebendige Körper ist stumm wie ein Grab. Leben-im-Tod (Life-in-Death), das Samuel Taylor Coleridge (ein romantisches Genie unter Opiumgenuss) an seinem *Alten Seemann* vorbeigleiten ließ.

(Andrjuscha war einmal im Mausoleum. Sie, er und seine Frau Sabine, kamen aus Moskau, Andreas wollte Sabine noch die Eremitage zeigen. Wir gingen durch die helle Juninacht (Licht-im-Dunkel / Dunkel-im-Licht) die Newa entlang und sie erzählten mir von dem unbeweglichen, infernalischen Schauspiel. »Wieso habt ihr das gemacht?« fragte ich. »Keine Ahnung«, sagte Sabine, »das gehört einfach dazu. Für dich ist das nichts, oder noch schlimmer als nichts, für mich ist es exotisch. In Rom will man Katakomben sehen, in China die Mauer. Und ihr werdet den Körper wahrscheinlich doch bald begraben?« (Viele haben das damals geglaubt, auch geglaubt, dass alle Lenin-Monumente abmontiert werden würden.) »Du bist nie dort gewesen, oder?« Doch, als ich acht war, haben uns Lisas Moskauer Verwandte dorthin geschleppt. Wir standen den ganzen Vormittag Schlange, aßen mitgebrachte Schnittchen und durften auf einmal in den kleinen Raum mit dem kleinen Mann, der im dreiteiligen (?) Anzug im gläsernen (?) Sarg lag wie Schneewittchen (?) (so habe ich das in Erinnerung), mit dem nichtssagenden Gesicht eines Unholdes. »Oh Gott, ich würde meine Kinder nie so einem Bild aussetzen«, sagte Sabine);

DER RIESIGE LENIN-KOPF hängt mit seinem enormen Kinnbärtchen immer noch über den Passanten. Er ist zum stolzen Wahrzeichen Ulan Udes geworden und zu einem der drei offiziellen Wunder der Region, neben dem Bajkalsee und dem unverweslichen Lama;

DER MUMIFIZIERTE LENIN liegt immer noch in seinem gläsernen Sarg, wie Schneewittchen;

DIE LAUTE UND FARBEN IM ZIRBENWALD kreisen immer noch, ohne mich; und die Punktierfäden mit der leuchtenden Kraft;

DAS IWOLGINSKER DAZAN, damals so still und einsam, wurde zu einer Wallfahrtsstätte; im Hof kann man schmucke buddhistische Dinge kaufen; das milde Geklirr erfüllt die Luft, dem Alpenwiesenjazz der Kuhglocken ähnlich; in einem speziellen Raum ist der unverwesliche Lama Itigelow zu besichtigen.

VII

Schwarzer Bube

5. Jh. v. Chr. • 1453 • 1529 • 1714 • 1717 • 1787 • 1871 • 1917-1933-1934-1937-1941-1942-1943-1944-1945 • 1955 • 1973 • 1976 • 1982 • 1986 • 1987 • 1988 • 1989 • 1990 • 1991 • 1992 • 1995 • 2001 • 2002 • 2005 • **2006**

Wir steigen aus. Fjodor blinzelt den von den blendenden Sonnenlaken umhüllten Mittag an. Ich habe die Sonnenbrille, die mir Andreas in Rom geschenkt hat. Eine kleine Zwischenstation: Fjodor soll hier einen der vielen kleinen Preise für Ost- bzw. Mitteleuropäer (zu ersteren will niemand gehören, sogar Weißrussen und Ukrainer sind gerne die mittleren; der Osten bleibt für die Russen reserviert) bekommen, ebenso die Moskauerin Anna. Am Abend fahren wir weiter nach Berlin, Fjodor fliegt morgen nach Hause, ich bleibe noch für eine Woche, und falls ich Andreas bis dahin nicht überzeugt habe, dass alles wieder anzufangen sinnlos wäre, werde ich mit ihm die Möglichkeit besprechen, dass ich nach Berlin ziehe (zuerst wahrscheinlich in der Tat als Antonias Assistentin).

Auf dem Bahnsteig stehen drei muskulöse Burschen um einen schwarzen Jungen mit sorgfältig verfilzten Dreadlocks und einem Saxophonkoffer in der Hand, der ihn davon abhält, sich vor den weißen Burschen zu bewähren. *Langsam, langsam*, sagt bedrohlich der eine, der den Schwarzen am Unterarm packt. Die Gruppe wird von einer größeren Gruppe umgeben – empörte Antirassisten – sehr jung, Jungs und Mädels, darunter der etwas ältere Manfred, Nikolaj und Anna, ich wusste nicht, dass sie denselben Zug genommen hatten wie wir. Auch Fjodor und ich schließen uns der Gruppe an, um uns zu vergewissern, dass es sich um S-Bahn-Kontrolleure und einen Schwarzfahrer handelt. Enttäuscht geht die Menge auseinander.

»Trotzdem gut, diese neue deutsche Jugend zu sehen, die bereit ist, Minderheiten zu verteidigen!« Nikolaj ist recht begeistert, Manfred lächelt stolz, bis sich unerwartet der grimmige Fjodor meldet (der immer etwas Queres sagt, wenn ihm scheint, dass seine Gesprächspartner ihn als Dichter nicht genug schätzen):

»Das ist ein Paradoxon: wären diese guten Menschen im Inneren ihres Herzens nicht rassistisch, wären sie einfach vorbei gegangen, wir natürlich auch. Versteht ihr: entweder wir sind Rassisten und es ist uns nicht egal, wer wie gefärbt ist, oder wir sind es nicht, und es ist uns egal, und wir wären in so eine dumme Situation nie geraten.«

Manfred und Nikolaj schauen Fjodor missbilligend an; Anna lacht.

Blaues Glas zeigt die Gegenstände im traurigen Licht • wie es uns auch an Schatten erinnert

5. Jh. v. Chr. • 1453 • 1529 • 1714 • 1717 • 1787 • 1871 • 1917-1933-1934-1937-1941-1942-1943-1944-1945 • 1955 • 1973 • 1976 • 1982 • 1986 • 1987 • 1988 • 1989 • 1990 • 1991 • 1992 • 1995 • 2001 • 2002 • 2005 • **2006**

Unterwegs verteilt Manfred Fotos. Zumeist sind nicht wir drauf, so wird niemandes Eitelkeit verletzt, nur Sandsteinbrunnen und Fachwerkhäuser, die wir zusammen besichtigt haben. Ich habe ihn heute früh in der Drogerie gesehen. Nachdem ich mich in der Nacht im Hotelzimmer (bevor ich einschlief, um dann noch später in Angst zu erwachen) übergeben musste (die Welt verschwand, eine aussaugende Leere drohte alles, was mich mit dem Leben verband, auszusaugen und in winzige lose Teile zu zerlegen), dachte ich, *oh Gott, es kann nicht sein, dass man als 36jährige Frau so wenig vom eigenen Körper versteht, dass man (sie) so viel trockenen Wein trinkt, dass man (sie) sich deshalb davon übergeben muss.* Und so betrunken habe ich mich doch auch nicht gefühlt. *Ich bin vielleicht schwanger*, dachte ich. Denn ich hatte keine Pille genommen, als Andrjuscha zwei Wochen zuvor in Petersburg war. Er war fast die ganze Zeit bei seinem Übersetzerseminar und hatte nicht viel Zeit für mich und unsere Freunde.

Kulturunterschiede

5. Jh. v. Chr. • 1453 • 1529 • 1714 • 1717 • 1787 • 1871 • 1917-1933-1934-1937-1941-1942-1943-1944-1945 • 1955 • 1973 • 1976 • 1982 • 1986 • 1987 • 1988 • 1989 • 1990 • 1991 • 1992 • 1995 • 2001 • 2002 • 2005 • **2006**

Und wenn er Zeit hatte, nervte er nur. Als wir bei Antonia und Pawel vor den nebelgrauen Drachentässchen mit dem Pflaumenwein saßen und Antonia erzählte, wie ihr Bruder sich auf einen Lehrauftrag in Jerusalem freut, meinte Andreas, er würde momentan nicht nach Israel fahren: zu gefährlich. »Oh«, sagte Pawel, »genau das nennt man in Russland ›das deutsche Taktgefühl‹.« Andreas dachte dabei, Pawel und Antonia wollten ihm zeigen, dass sie nicht wollten, dass ich ihn heirate. Und war gereizt.

Und ich dachte: *Armer Andreas, wie viele deiner Pläne und Hoffnungen sind gescheitert, dass du zu deiner Jugendliebe, die du freiwillig aufgegeben hast, zurückkehren willst?*

Blaues Glas zeigt die Gegenstände im traurigen Licht • wie es uns auch an Schatten erinnert

5. Jh. v. Chr. • 1453 • 1529 • 1714 • 1717 • 1787 • 1871 • 1917-1933-1934-1937-1941-1942-1943-1944-1945 • 1955 • 1973 • 1976 • 1982 • 1986 • 1987 • 1988 • 1989 • 1990 • 1991 • 1992 • 1995 • 2001 • 2002 • 2005 • **2006**

Als ich heute früh endgültig erwachte und die Morgenangst abschüttelte, ging ich durch die ornithologische Gartenkugel in die Drogerie (in der ich Manfred sah, der dort die Fotos holte, er sah mich nicht), um ein Teststäbchen zu kaufen, das mir noch zwanzig Minuten später zwei vollkommen weiße, runde Fensterchen zeigte, das zweite wie das erste, nicht blau geworden. Also nichts. Man könnte einen Promilletest nach diesem Prinzip machen, aus dem Färberwaid (alias Deutscher Indigo alias *Isatis tingtoria*), dessen Blätter mit Erblauen auf Urin und Alkohol reagieren, wenn sie den Sonnenstrahlen ausgesetzt sind. Promille-Test als Erinnerung an jene Färberknechte im Mittelalter, die ihre Textilstoffe auf solch umständliche Weise färbten: Färberwaid + Urin der Betrunkenen + Sonne = blau werden → blau sein → blau machen. Wäre das nicht ein Schwangerschaftstest gewesen, sondern ein so konzipierter Promilletest, wären dann die Fensterchen blau geworden? Oder nach einer Nacht bereits wieder nicht?

Das Balkenspiel

5. Jh. v. Chr. • 1453 • 1529 • 1714 • 1717 • 1787 • 1871 • 1917-1933-1934-1937-1941-1942-1943-1944-1945 • 1955 • 1973 • 1976 • 1982 • 1986 • 1987 • 1988 • 1989 • 1990 • 1991 • 1992 • 1995 • 2001 • 2002 • 2005 • **2006**

»Wie heißt Fachwerk auf Russisch?« will Manfred wissen. »Auf Russisch heißt Fachwerk ›Fachwerk‹« sagen im Chor Anna und Nikolaj, die mir gestern noch nicht glauben wollten, dass es kein anderes, russisches Wort gibt.

Fjodor schaut die Fotos an und meint, die Nahaufnahmen hätten die Erscheinung der Fachwerkhäuser verändert. Wenn du sie als Ganzes betrachtest, siehst du Hosenträger, mal gerade, mal überkreuz angeschnallt: Reihen bis zur Gürtellinie in die Erde gescharrter Knaben. »Wie Hitlerjungen«, würde John sagen, der – wie es Amerikaner oft tun – in allem Deutschen NS-Merkmale zu sehen glaubt (*Die Kellnerin war eine richtige Faschistin, sie wusste ganz genau, was ich zum Steak trinken würde, und gab mir Anweisungen* oder *Da unten, im Park, wo die Hitlerjugend Ball spielt*); Andreas hatte zuerst versucht, mit John zu diskutieren, bald aber lachte er nur. Fjodor sah in den Balkenfragmenten Buchstaben aus unbekannten Alphabeten, Teile einer alten europäischen Kalligraphie, die sich nicht mehr entziffern lässt (ein wenig Etruskisch, ein wenig Runisch, ein wenig Altslawisch):

ЖRШ ANθ SΨA EЂD

Fjodor (auf dessen Bewusstsein, genau wie auf meines, sich der goldene Staub von Pawels Sinologie abgesetzt hatte) fällt noch ein:

»Ein Chinese, weder Konfuzius noch Lao-Tse, wie hieß er noch mal, Marina? Also er sagte, wenn ein westlicher Künstler sich mit Übungen in englischer Kalligraphie beschäftigen würde, etwa zehn Jahre lang mit dem Pinsel in der Hand, würde er erst dann – angenommen er hätte Talent – auf dem Times Square Aushänge mit Linien und Formen anfertigen können, die wirklich würdig wären, Kunst genannt zu werden.«

Anna und Nikolaj warten; worauf will Fjodor hinaus? *Klar doch*, übersetze ich aus dem Fjodorschen, *der Chinese, Lin Yutang, hatte zwar vor dem Krieg auch in Jena und Leipzig studiert, doch – das wollte Fjodor uns damit sagen – er übersah diese heimliche europäische Kalligraphie der Fachwerke, die nur wahrnehmbar ist, wenn du sie von dem Kontext der Mauer befreist, wie auf den Fotos.*

Ich mustere die von Manfred und Fjodor befreiten Buchstaben durch, einige bekommen deutliche Konturen, andere rutschen in den Hintergrund:

ЖRШ ANθ SΨA EЊD

Sie bewegen sich und die mit den Konturen bilden plötzlich ein Wort.

ЖANШDRθEAΨSЊ

Schwarze Madonna

5. Jh. v. Chr. • 1453 • 1529 • 1714 • 1717 • 1787 • 1871 • 1917-1933-1934-1937-1941-1942-1943-1944-1945 • 1955 • 1973 • 1976 • 1982 • 1986 • 1987 • 1988 • 1989 • 1990 • 1991 • 1992 • 1995 • 2001 • 2002 • 2005 • **2006**

Durchsichtige Haut der Gläser mit Kribbelbläschen. Wir trinken wohlgekühlten Sekt in einem Rosengarten vor dem auf die Feierlichkeiten wartenden Schlösschen. In einer Mauernische sitzt eine kleine Schwarze Madonna in staubig blauem Gewand, das in lockeren Falten über ihre gespreizten Knie fällt. »Oh«, sagt Anna, »endlich wird mir jemand sagen, was die schwarze Gottesmutter bedeutet! Klar doch, sie sind nicht einfach wegen des Nachdunkelns schwarz. Das Baby zum Beispiel bei der Gottesmutter von Kasan sieht aus wie ein erwachsener Äthiopier in Miniatur. Aber die meisten schwarzen Gottesmütter gibt es in West- und Südeuropa, ich meine, hier kann mir vielleicht doch jemand erklären, woher sie kommen und überhaupt?«

Ich übersetze der Gesellschaft die Frage, weil sich Manfred mit einem der Juroren unterhält, welcher (ein Star – eine schmale verwitterte Erscheinung, wie man sie in den Kneipen kleiner österreichischer Städte trifft, die bei Joseph Roth so lieblich und bei Thomas Bernhard so gespenstisch sind) Manfred sprechenden Mundes stehen lässt – zugunsten Annas Frage. Als hätte die übrige Gesellschaft nur darauf gewartet, beginnen alle die Schwarze Madonna interessiert zu betrachten. Der Star (mit der sehr leisen Stimme eines Menschen, der sich sicher ist, dass man ihn nicht überhört) fordert einen, wie es sich herausstellt, Historiker auf, Anna Auskunft zu geben. »Na ja, so genau weiß man das nicht, kann sein, dass die Christen im Mittelalter den Südländern zeigen wollten, dass sie mit ihnen solidarisch sind.« Diese Erklärung ist selbst der von Sonne, Sekt und Rosenduft träge gewordenen Gesellschaft peinlich. Der Star zeigt Taktgefühl und wechselt das Thema: »Anna, wieso siehst du so viel jünger aus als du bist? Nur deine Hände, die sind sogar älter. Was machst du mit den Händen? Bügelst du?« Manfred, dem ich zu deuten versuche, er solle das Dolmetschen übernehmen, hustet und geht ein paar Schritte zur Seite, um niemanden mit seinem Husten zu belästigen. Ich dolmetsche: »Ach was, ich sehe nicht jünger aus als ich bin, nur du« (übersetze ich zwar, Anna aber sagt »Sie«, in Russland siezen die jüngeren Personen die älteren, die dabei die jüngeren duzen) »du bist alt geworden und dir gefallen die Frauen, die vor drei, na gut, zwei Jahrzehnten zu alt für dich gewesen wären. Und vom Bügeln werden die Hände doch nicht rau!« Sie verrät die Ursache der Verschrumpelung ihrer Hände aber nicht. *Oh Gott, oh Gott,* denke ich wie des Mopses Otto, *ogottogott, Manfred, hör auf zu kotzen, Verzeihung, zu husten!* Ein Fotograf kommt, will für die lokale Presse Anna und Fjodor mit den Juroren fotografieren. Anna will ein Foto mit dem Star zu zweit. Manfred stellt Nikolaj vor, damit er sich nicht ausgeschlossen fühlt (Fjodor würde sich nie zu einer Preisverleihung gesellen, bei der er nur als Zuschauer teilnehmen darf, nehme ich an. Das schlagoberseweiße Hemd des Stars lässt ihn romantisch wirken. Die allgemeine Achtung seiner Berühmtheit verleiht ihm eine charismatische Aura – fast wie bei einem Fußballer. Alle hier scheinen die Komparsen seiner Auftritte zu sein. Nun lässt sich Nikolaj mit dem Star (dessen Gesichtsausdruck bescheidene Bereitwilligkeit zeigt) ablichten. Aber nicht Fjodor, der sich nach dem Modellstehen für ein kollektives Bild von der Gruppe entfernt und dem Dialog zwischen dem Historiker und einem Kunstbuchverleger aus der Gegend zuhört (allerdings ohne Deutsch zu verstehen): *Die Vermutung, dass die Schwarzen Madonnen ursprünglich hell waren und erst im Laufe der Zeit dunkler geworden sind, hat sich als falsch erwiesen*, bemerkt der eine; *Kann sein, dass diese Bilder und Plastiken auf antike Göttinnen zurückzuführen sind, Fruchtbarkeitsgöttinnen oder Sybillen*, fällt dem anderen ein. Die dummen Männer in einer intellektuellen Gesellschaft führen oft lange, rege und sinnlose Unterhaltungen; und auch: selbst wenn sie nichts Dummes sagen, hängen sie auffällig lange an einem Thema, von dem die übrige Gesellschaft schon nichts mehr weiß (doch ähnlich verhalten sich auch die überdurchschnittlich klugen Männer; die Frauen haben andere Macken, diese nicht).

»Fjodor, der Star ist bereit, weiter den Pappindianer zu spielen. Willst du?«

»Marina, was hätten wir einander zu sagen? Er hat keine Zeile von mir gelesen, und wenn doch, ich meine als Jury-Mitglied, dann wäre das auch egal … – ein Autor hat genauso wenig mit dem zu tun, was er schreibt, wie ein Schauspieler mit seiner Rolle.«

Der erste Dichter sagte

5. Jh. v. Chr. • 1453 • 1529 • 1714 • 1717 • 1787 • 1871 • 1917-1933-1934-1937-1941-1942-1943-1944-1945 • 1955 • 1973 • 1976 • 1982 • 1986 • 1987 • 1988 • 1989 • 1990 • 1991 • 1992 • 1995 • 2001 • 2002 • 2005 • **2006**

»Tiefer Zweifel an der Sprache, ja Verzweiflung spricht aus dem folgenden Text, dieser Zweifel und diese Verzweiflung werden hier nicht philosophisch, wie wir es gewöhnt sind, sondern lyrisch erlebt und erfasst.« Manfred stellt Fjodor vor, der vor der feiernden Gesellschaft ein Gedicht lesen darf.

Der erste Dichter sagte

1.
Der erste Dichter sagte: Der Jäger.
Seine Zuhörer flüsterten wie gebannt: *Der Jäger! Der Jäger!* Das Feuer in der Höhle schien den Rhythmus des Flüsterns wiederzugeben. Es war ein trauliches und zugleich befremdendes Gefühl, als wäre der Jäger, der zu dieser Zeit gar nicht da war, doch da.

2.
Viel Zeit ist vergangen. Der zweite Dichter sagte: Der Jäger verfolgt die Antilope.
Sein Publikum war überwältigt von den Bildern, die in den Köpfen entstanden, und wollte es immer wieder hören, bis jeder das Poem auswendig konnte.

3.
Nach wieder mal viel Zeit sagte der dritte Dichter: Der Jäger verfolgt die Antilope, sein Pfeil trifft. Das Blut ist wie Feuer.
Der erste und der zweite verbeugten sich vor dem dritten.

4.
Allen weiteren Dichtern blieb nur Wiederholung.

Das ist Fjodors letztes Gedicht.

Dichter Fjodor

5. Jh. v. Chr. • 1453 • 1529 • 1714 • 1717 • 1787 • 1871 • 1917-1933-1934-1937-1941-1942-1943-1944-1945 • 1955 • 1973 • 1976 • 1982 • 1986 • 1987 • 1988 • 1989 • 1990 • 1991 • 1992 • 1995 • **2001** • 2002 • 2005 • **2006**

Vor fünf Jahren hat Fjodor Natascha geheiratet und schreibt seitdem nicht mehr (es ist ungewiss, ob diese zwei Tatsachen zusammenhängen oder nicht). Wir haben Natascha zum ersten Mal gesehen, als sie mit Fjodor zur Neujahrsfeier bei Antonia und Pawel kam. Sie sprach vom baldigen Weltuntergang. Sehr jung, fast ein Kind noch, sie sprach begeistert und schnell, so schnell, als hätte sie Angst, jemand würde ihr das Wort abschneiden. Ihr fettiges blondes Stirnhaar und die abgenagten Nägel wirkten engelhaft, d. h. machten sie geschlechtslos kindlich, besonders wenn sie sagte: *Also, nur wer mit uns kommt, der wird erlöst, und alle anderen, die bleiben, gehen über Bord und zugrunde, beeilt euch.* Sie gehört, haben wir allmählich begriffen, zu einer Sekte. Diese Sekte, hat mir Pawel später erzählt, ist so friedlich, dass ihre Mitglieder, die in KZs saßen, dort eigens ausgewählt wurden, um den deutschen Offizieren als Barbiere zu dienen: es war unwahrscheinlich, dass sie eine Rasierklinge als Waffe missbrauchen würden. Als Pawel erfuhr, dass Natascha Programmiererin ist, sagte er:

»Es wird nicht lange dauern, bis Ihre Computer sich die Frage stellen werden, wer eigentlich der Schöpfer ist.«
»Was meinen Sie damit?« fragte Natascha stockend, und Pawel setzte fort:
»Der einzige Grund, warum die Menschen Gott brauchen, ist der Tod. Das heißt, wir brauchen gar keinen Demiurgen, keinen Schöpfer, von uns aus könnte die Welt als Ergebnis

verschiedener physikalischer und chemischer Prozesse entstehen, egal. Aber wir brauchen einen Erlöser, der unsere Seelen unsterblich macht. Und ganz ehrlich: sicher ist es schade, das Persönliche zu verlieren, die lieben Einzelheiten unserer Erfahrung, aber letztendlich geht es um das kleine Licht, das wir leuchten spüren. Wir brauchen Gott, damit das kleine Licht, das wir leuchten spüren, nicht erlischt.
Und wir, die wir selber nun beinahe zu Demiurgen geworden sind, wissen leider, dass ein Demiurg nicht imstande ist, seine Kreaturen unsterblich zu machen.
Was tröstet es einen kaputten Computer, der rechnen konnte, der sich Unmengen von Daten merken konnte, der Sprachen kannte und auch schweigen konnte, was tröstet ihn, dass die Elektrizität weiterhin existiert? Oder tröstet es ihn doch?
Wie auch immer, ich verzichte auf die neue Technik, das ist meine Art Vegetarier zu sein.«

Der arme Pawel hatte nicht mit Nataschas Reaktion gerechnet. Sie weinte, entweder aus Mitleid mit den Computern, weil sie so unvollkommene Demiurgen haben, oder mit Pawel, der ihre einfache Wahrheit nicht verstehen wollte. Nur Antonia konnte Natascha beschwichtigen, mit der Bitte, ihr in der Küche zu helfen (nie davor und nie danach ließ Antonia jemanden in ihre Küche). Fjodor schaute Natascha nur liebend an.

Fjodor schien ihr (so ist es immer noch) überhaupt nicht zuzuhören. Pawel meint jedoch, dass Fjodor nicht mehr schreibt, weil Nataschas Zwitschern alle anderen Töne aus seinem Kopf verdrängt hat.

Achilles

5. Jh. v. Chr. • 1453 • 1529 • 1714 • 1717 • 1787 • 1871 • 1917-1933-1934-1937-1941-1942-1943-1944-1945 • 1955 • 1973 • 1976 • 1982 • 1986 • 1987 • 1988 • 1989 • 1990 • 1991 • 1992 • 1995 • 2001 • 2002 • 2005 • **2006**

Aber nicht Nataschas Besonderheiten haben uns gewundert: vor Natascha gab es keine Frau in Fjodors Leben. So richtig wusste ja niemand Bescheid. Es wurde angenommen, dass Fjodor eine Affäre mit John hatte, doch wir haben weder Fjodor noch John je gefragt, noch haben wir das unter uns besprochen.

Na ja, dachte ich, *wenn Achilles doch den armen Patroklos liebte und auch die arme Penthesileia, ganz zu schweigen von der armen Briseis, wieso kann Fjodor nicht auch Natascha lieben, wenn er John geliebt hat?*

Achilles und die Schildkröte

5. Jh. v. Chr. • 1453 • 1529 • 1714 • 1717 • 1787 • 1871 • 1917-1933-1934-1937-1941-1942-1943-1944-1945 • 1955 • 1973 • 1976 • 1982 • 1986 • 1987 • 1988 • 1989 • 1990 • 1991 • 1992 • 1995 • 2001 • 2002 • 2005 • **2006**

»Andrjuscha«, habe ich Andreas gesagt, »wir sind wie Achilles und die Schildkröte. Denn: Niemals wird der schnelle Achilles die langsame Schildkröte einholen.«

Andreas: Na gut, aber wer von uns ist die Schildkröte und wer Achilles? Das werden wir nicht herausfinden können, weil der Weg, der zurückgelegt wurde, nicht zählt, und wenn die beiden endlich an einem Punkt sind, wie kannst du sie dann unterscheiden?

Ich: Stimmt, aber wir werden nicht darüber sprechen. Ich habe Angst vor den Geheimnissen der Zeit.

Andreas: Jemand muss stehen bleiben – und – wenn Achilles die Schildkröte endlich einholt, hebt sie, die Schildkröte, ihren Kopf so weit, wie ihr Panzer das erlaubt, und sagt: »Wieso hast du dich so angestrengt? Ich hätte auch ruhig auf dich warten können.«

So sprachen wir in der ersten Nacht, als ich im Hotel angekommen war und Andreas mich angerufen hatte; in einem Ohr hatte ich Andrjuschas Stimme und in dem anderen das Rauschen des Wassers (*Regenguss? Zeitfluss?*), und mir schien, Andreas sei im Zimmer und der Regen in Berlin. Der stundenlange Dummheitenaustausch bedeutet, dass man nicht aufhören kann, miteinander zu sprechen, aber alles, was im Ernst zu sagen war, war entweder bereits gesagt oder konnte nicht gesagt werden. Stattdessen spricht man über Schildkröten. Ich habe das Gefühl, schon seit langem (oder überhaupt immer) nur solche Stattdessen-Gespräche zu führen.

Ich habe Angst vor den Geheimnissen der Zeit

5. Jh. v. Chr. • 1453 • 1529 • 1714 • 1717 • 1787 • 1871 • 1917-1933-1934-1937-**1941-1942**-1943-1944-1945 • 1955 • 1973 • 1976 • 1982 • 1986 • 1987 • 1988 • 1989 • 1990 • 1991 • 1992 • 1995 • 2001 • 2002 • 2005 • **2006**

Es wandelt niemand ungestraft unter dem trockenen Regen des Stundenglases, und die Gesinnungen ändern sich gewiss, wenn ein Stundenglas von innen gesehen wird, die Sandkörnchen, die Gänsehaut der Zeit ... Es wandelt niemand ungestraft und die Gesinnungen ändern sich gewiss ... Wwedenskij und Charms haben diese Kribbelbläschen der Zeit aus der Nähe gesehen; sie waren dabei, die Geheimnisse der Zeit zu lüften. Beinahe haben sie es geschafft, aber dann wurden sie von den vereinigten Kräften von Hitler & Stalin vernichtet: Charms, der kurz nach dem Kriegsausbruch vom sowjetischen Geheimdienst verhaftet wurde, verhungerte im Gefängnisspital, einer der Millionen Hungertoten in Leningrad während der deutschen Belagerung; Wwedenskij wurde in Charkow kurz vor dem Anmarsch der deutschen Truppen als unzuverlässiges Element gefangengenommen und auf dem Häftlingstransport erschossen. Als er im Schnee lag, weil er vor Schwäche nicht weiter gehen konnte, hatte er vor dem Gewehrlauf nur diese eine Sekunde, die er als die einzig existierende entdeckt hatte:

»Denn bevor die neue Sekunde dazu kommt, wird die alte verschwinden. Das könnte man so darstellen:

Ø Ø Ø Ø Ø Ø
Ø Ø Ø Ø O

Nur sollten die Nullen nicht durchgestrichen werden, sondern wegradiert.«

Wwedenskijs verschollener (nach Aussagen der überlebenden Leser: genialer) Roman hieß: MÖRDER IHR SEID DIE DUMMEN.

Dichter Fjodor

5. Jh. v. Chr. • 1453 • 1529 • 1714 • 1717 • 1787 • 1871 • 1917-1933-1934-1937-1941-1942-1943-1944-1945 • 1955 • 1973 • 1976 • 1982 • 1986 • 1987 • 1988 • 1989 • 1990 • 1991 • 1992 • 1995 • 2001 • 2002 • 2005 • **2006**

Vor nicht langer Zeit träumte ich, dass ich in den Dichter Fjodor verliebt war. Es passierte im Traum nichts, außer dass ich dieses Gefühl hatte. Nicht einmal Fjodor erschien in diesem Traum. Als ich erwachte und die Augen aufschlug, war ich davon seltsam gerührt. Ein bisschen gebannt blieb ich auch, nachdem ich Kaffee getrunken und mich gewaschen hatte. Das Duschwasser riss diese Seltsamkeit nicht in den Abfluss mit. Nachgefühl des Traumes war eine ungeplante melancholische Schleife in meinem Tagesablauf (Morgenablauf). Ich nahm Fjodors Gedichtband aus dem Regal, schlug das Buch auf und las:

Hyl, der Schneemensch

1.
Der stärkste Mensch eines Bergdorfes war einmal in der Nacht unterwegs, weil er zu lange bei seinem Schwager im Nachbardorf (in dem auch keiner stärker war als er) Tee getrunken hatte.

2.
Der staubige Weg schimmerte weißlich im Mondlicht. Die Felsen dagegen waren schwarz. Die Berge um ihn herum schienen dunkel zu wirbeln, als wären sie aus braunem Nebel.

3.
Plötzlich bewegte sich ein Felsen.

4.
Der Mann – und er war ein echter Kraftmensch und hatte vor nichts Angst – schauderte.

5.
Der Felsen pfiff leise, er roch, als versteckten sich ein paar schmutzige Ziegenböcke in seinem Inneren. Mit großer Erleichterung begriff der Kraftmensch, dass vor ihm kein wandelnder Felsen stand, sondern Hyl, der Schneemensch.

6.
Alle hatten Angst vor Hyl, dem Schneemenschen. Der Kraftmensch aber wusste, dass kurz vor seiner Geburt Hyl, der Schneemensch, seinem Vater begegnet war, und kurz vor dessen Geburt dem Vater seines Vaters und kurz vor dessen Geburt – dem Vater seines Großvaters. Das wurde jeweils als Zeichen genommen, dass wieder mal in der Familie ein Kraftmensch geboren würde. Und man muss noch wissen, dass die Frau des Kraftmenschen gerade hochschwanger war.

7.
»Du wirst nun mit mir ringen« sagte Hyl, der Schneemensch, ohne den Mund aufzumachen.

8.
Wenn man zu Hyl, dem Schneemenschen, »nein« sagt, stirbt man.

9.
Der Kraftmensch rang mit Hyl, dem Schneemenschen, bis die Morgenröte anbrach. Und keiner gewann Oberhand über den anderen.

10.
Der Tadschike, der mir diese Geschichte erzählte, stockte und schwieg.

11.
»Und weiter? Was war weiter?« fragte ich.

12.
»Nichts«, sagte der Tadschike. »Sein Sohn wurde kurz nach diesem Kampf geboren.«

Fjodor ist keine Gestalt, in die man sich verlieben kann, dachte ich, mit der winzigen aschgrauen Tasse (Pawel hat mir aus China eine fast genau gleiche mitgebracht, in die ich einmal aus Versehen die Asche meiner Zigarette klopfte, nur die Augen des Drachen sind blau) mit dem schokofarbenen Kaffee (John hat mir vor einem Jahr eine deutsche Espressomaschine geschenkt) durch die Wohnung laufend.

Wieder im Zug

5. Jh. v. Chr. • 1453 • 1529 • 1714 • 1717 • 1787 • 1871 • 1917-1933-1934-1937-1941-1942-1943-1944-1945 • 1955 • 1973 • 1976 • 1982 • 1986 • 1987 • 1988 • 1989 • 1990 • 1991 • 1992 • 1995 • 2001 • 2002 • 2005 • **2006**

Fjodor und ich haben die feiernde Gesellschaft verlassen, aber erst nachdem ich dem Star die von Anna vorgetragenen russischen Gedichte Rilkes ins Deutsche übersetzt hatte: *Ich bin so was von allein. Versteht keiner das Schweigen*, klagte Rilke in seinem agrammatischen Russisch: *Der Herz, der meine, begann wie Nachtigall / Doch konnte seine Wort nicht aussprechen.*

Sesam öffne dich

5. Jh. v. Chr. • 1453 • 1529 • 1714 • 1717 • 1787 • 1871 • 1917-1933-1934-1937-1941-1942-1943-1944-1945 • 1955 • 1973 • 1976 • 1982 • 1986 • 1987 • 1988 • 1989 • 1990 • 1991 • 1992 • 1995 • 2001 • 2002 • 2005 • **2006**

Sesam öffne dich, sagt ein kleines Mädchen zur automatischen Schiebetür im Eisenbahnwaggon und macht ein paar Schritte nach vorn. Sesam öffnet sich. Das Mädchen wartet, bis Sesam sich automatisch wieder schließt. Und wieder: *Sesam öffne dich.*

Wieder erwacht Charlie Parker. *Wenn das nicht du bist, Andreas,* sage ich lautlos meinem Taschentelefon, *werde ich Dichter Fjodor lieben, sorry, Natascha.*

»Was?« fragt Fjodor, als ich aufgelegt habe.

»Nichts, wirklich nichts, er hatte einen Herzanfall, aber jetzt ist schon alles in Ordnung, unter Kontrolle, ich weiß nicht, er hat gesagt, er ist im Krankenhaus und wird untersucht. Er konnte gestern und vorgestern nicht telefonieren.«

»Sehr gut! Wir werden ihn heute noch im Krankenhaus besuchen können, nicht wahr?« Fjodor sieht mich an und meint: »Nein, ok, du wirst ihn besuchen, von mir aus, ich werde Fußball gucken.«

»Fjodor, heute gibt es keinen Fußball, ab übermorgen wieder«, ich weiß nicht recht, ob ich will, dass Fjodor, der morgen nach Hause fliegt, mitkommt.

Die Regentropfen auf dem Zugfenster, die gläserne Gänsehaut zwischen mir und der Welt; Andreas, ich habe Angst.

Was weiß ich von dir, Andreas, alle sind mir vertrauter als du:

Fjodor, der nun mir gegenüber sitzt und sich wundert, dass die deutschen Kollegen immer »das ist 19. Jahrhundert« sagen über Gedichte, die ihnen nicht gefallen. »Aber was soll das nun? Und wenn ich sagen würde, oder wenn sie, deine Deutschen, sagen würden, ›das ist doch 20. Jahrhundert‹ (in dem Sinne, dass wir bereits im 21. sind)? Hast du eine Vorstellung, was das bedeuten könnte? Welche Merkmale darauf deuten würden, dass etwas ›20. Jahrhundert‹ wäre?«;

Antonia, die Ballerina;

Pawel, der Sinologe;

Sergej, der Hellseher;

Gregor, der Farbenbeschwörer;

Manfred, der Schmetterling;

John, der Agnostiker;

Lisa, die ich kurz vor meiner Reise auf der Datscha besucht hatte; wir gingen einen schmalen Weg mitten in einer Wiese, das hohe Gras roch nach Honig. »So duftete es immer, weißt du noch, als wir hier Kinder waren? Ich bin nun selten draußen, nur wenn jemand aus der Stadt kommt. Weißt du noch, wie meine Eltern Theater machten, wenn wir spät kamen? Nun mache ich meinen Kindern Theater. Wie ist das möglich? Dieser Honigduft macht mich fast hysterisch. Als wären diese Jahre nicht gewesen. Als wären wir morgens aus dem Haus gegangen, und nun warten meine Eltern mit Krach und

Abendbrot, Himbeermarmelade und ›französischem‹ Weißbrot, dem mit dem Kamm in der Mitte. Und als wären wir trotzdem draußen geblieben und hätten nicht daran gedacht, dass man sich um uns Sorgen macht. Aber das ist nicht wahr, wir müssen zurück. Die Meinen sind hungrig, und ich mache mir Sorgen um sie. Immer. Dasselbe Leben, aber jetzt von der anderen Seite gelebt, als hätte man einen Handschuh umgestülpt. Und trotzdem«, Lisa stand im abendlichen Gegenlicht, die Grannen ihres Haars, die mich schon in der Grundschule so fasziniert hatten, plusterten sich fein um ihren Kopf, »schau, Marina, die Gräser. Diese Rispe mit ihren Grannen, sie steht im Abendrot als eine Botschaft, als würde sie sagen, alles ist richtig gewesen«;

Natascha mit ihrem Himmelreich

und noch viele Menschen sind mir vertrauter als du. Was weiß ich von dir? Überhaupt? Ein Mensch, eine Oberfläche, ein Haus mit ein paar Terrassen, die für die anderen offen sind, mit dunklen Räumen, die vor den anderen verschlossen bleiben, aber von den anderen auch gerne gemieden werden, denn sonst wäre menschliche Kommunikation kaum möglich; der Mensch ist dem Menschen ein Schatten; und du, Andrjuscha, du bist für mich der undeutlichste Schatten, denn was weiß ich von dir? Ich war, was dir nie in den Sinn kam, all die Jahre gekränkt und mein Blick auf dich war wohl ungerecht, ich habe bei dir eher das bemerkt, was nervt, nicht das, was gewinnend ist. Ich mag dich trotzdem, dein trauriges Gesicht eines Schuhschnabels, die fallende Haarsträhne. Ok, ich bleibe bei dir, wir werden vielleicht noch glücklich in dieser so anders gewordenen Welt, in deinem so anders gewordenen Land (als ich zum ersten Mal nach Deutschland kam, wurde in eleganten Kneipen *Cuba libre* serviert, und nun ist er aus vielen Karten vom *Sex on the beach* verdrängt, ganz zu schweigen von den deutschen Farben überall, und den Schultertaschen, wie von meiner Tante Rita genäht), sorry, Fjodor, mit dir im nächsten Leben, vielleicht.

»Fjodor«, sage ich. »Ich weiß noch nicht, was ›21. Jahrhundert‹ bedeutet.«

»Marina«, sagt Fjodor, »ich kann das nicht aushalten. Siehst du, schau aus dem Fenster, diese zu durchsichtigen Schatten gewordenen Berge, die Schattenschichten sind von verschiedener Dichte; die einen haben die Erde schon fast verlassen, die anderen sind noch fast ganz da; egal was ich mit diesem Schattenspiel mache, wie ich es beschreibe, das wird eine Schöpfung zweiten Grades sein, eigentlich ein Plagiat. Egal, ich schreibe jetzt Prosa, habe ich dir erzählt. Das Motto zu meinem Buch ist von deinem Wwedenskij, willst du es hören?

In einem Roman wird das Leben beschrieben, da läuft angeblich die Zeit, aber sie hat nichts Gemeinsames mit der wirklichen Zeit, da gibt es keine Ablösung des Tages durch die Nacht, da entsinnt man sich spielerisch beinah des ganzen Lebens, während du dich in der Wirklichkeit kaum an den gestrigen Tag erinnern kannst. Und überhaupt: Jede Beschreibung ist falsch. Der Satz: ›Ein Mensch sitzt, über seinem Kopf ist ein Schiff‹ ist doch vielleicht richtiger als ›Ein Mensch sitzt und liest ein Buch‹. Der einzige seinem Prinzip nach richtige Roman ist der von mir. Aber er ist schlecht geschrieben.«

Inhalt

III

IV

V

VI

VII